「あのときはよくも、
私を置き去りにしてくれましたね」
魔法の子

【魔法】

七十年前、人類に突如発生した超常の力。生後年間十パーセントほどの割合で喪失され、魔法を失って以降は普通の子供となる。この法則は二十歳まで当てはまるが、希に魔法が復活する例があり、彼らは『再獲得者』と呼ばれる。また、魔法の有無は「召喚知覚検査」をもって判断される。

「燃えなさい」

魔法の子

入江君人

ファンタジア文庫

2080

口絵・本文イラスト　NOCO

プロローグ

誰《だれ》もがみんな子供の頃《ころ》は魔法《まほう》が使えた。
体は元気いっぱいに動き、両足だけでどこまでも行けた。
大人達より低い世界には秘密があって、砕《くだ》けたビー玉には本当に魔力がこもっていた。
意味もなく太陽だって追いかけられた。叫《さけ》びを上げれば地球の裏まで届くと思った。
いまよりずっと暑かった。
いまよりずっと長かった。
不可能なんて一つもなかった。
だからアキラはどれほど強大な災害指定が現れても必ず倒《たお》せると信じていた。
自分の力だけで全《すべ》てを守れると本気で思い込んでいた。
そんなわけ、なかったのに。

泥《どろ》だらけのシャツと履《は》き潰《つぶ》したスニーカー。

ポケットに詰《つ》めたドングリとぼろぼろになった蟬《せみ》の抜《ぬ》け殻《がら》。

握《にぎ》りしめた生ぬるい小銭《こぜに》と、なんだかきれいな丸い石。

あの頃のアキラ達はそういったどうしようもないもので出来ていた。なにか見つけては跳《は》ね、なにはなくとも走り、ちょっとでも隙間《すきま》があれば秘密基地にして遊んでいた。

その様はどちらかというと犬や猫《ねこ》に近い生き方だったといまなら思う。

だからあの日も、アキラは自然と秘密基地に向かっていた。


基地は街外れに広がる森の奥にあった。


「…………ん」

うち捨てられた納屋《なや》を改造して作られた室内はどこもかしこもぼろぼろで、柱はかしぎ、梁《はり》はゆがみ、立ち並んだ板壁《いたかべ》からは夏の日差しがこぼれ落ちていた。

「…………いさん」

影絵《かげえ》のようにくっきりした光は容赦《ようしゃ》なく闇《やみ》を切り裂《さ》き、空っぽの木棚《きだな》や白砂をじりじりと焼きながら架空《かくう》の檻《おり》を描《えが》いている。

「にいさん……どこ？」

その檻の中で、凜《りん》が小さく鳴いていた。

だから、アキラはあわてて返事をした。

「わるい凜。いま帰った」

駆《か》け込んできた勢いそのままに、アキラは納屋に入っていった。ぱたん、と背後で扉《とびら》が閉まって、後には緑色をした生ぬるい闇だけが残される。

「遅《おそ》くなって、ごめんな」

膝《ひざ》をついて砂の上に座る。闇の奥深くには真っ白なワンピースを着た幼い少女が横たわっていた。暗がりにうっすらと輝《かがや》くようなその姿はまるで人形か幽霊《ゆうれい》のようで、アキラはそこにいるのが自分の妹ではないような気さえしてしまった。

「――でも見ろよ！　おかげで大漁だぞ！」

そんな気持ちを誤魔化《ごまか》すように、アキラは明るい声を出して、背負っていたリュックの口を広げて見せた。中には水筒《すいとう》や食料の他《ほか》に、道すがら取ってきたヤマブドウやアケビが入っていた。

「………」

ところが凜は好物であるはずのそれらになんの反応も示さず、ただ、カリカリと無為《むい》に地面を掻《か》いていた指先を伸《の》ばして、アキラのシャツをギュッとつかんだ。

安堵《あんど》の吐息《といき》が闇に漏《も》れる。

「……もう。にいさんは目をはなすとすぐに、どこかに行ってしまってこまります……」

「だから、悪かったって」

「すこしは落ち着いて、凜のそばにいてくださいね」

「はいはい」

「返事は一回。ですよ」

「はいはいはいはい。分かった分かった。分かりました」

「もう、ばかにして……」

ぷくーと、凜は小さな頰《ほお》をふくらませた。一年も歳《とし》の離《はな》れていない妹の、そんな甘えた態度に苦笑《くしょう》しつつ、アキラは腰《こし》に提《さ》げたごついナイフを引き抜き、
ぴたり、と。

白刃《はくじん》をワンピースの襟首《えりくび》に押し込んだ。

「んじゃ、じっとしてろよ」

「……………うん」

びぃぃぃぃいと嫌《いや》な音を立てて布地が裂けた。意味を成さなくなった肩紐《かたひも》がぱたりと垂れる。日焼けを免《まぬか》れた白い肌《はだ》が闇に晒《さら》された。

「……あーあ」

お気に入りの刺繍《ししゅう》が真っ二つになるのを見下ろしながら、凛がわざとらしく声を上げた。

「この服、お気に入りだったのになぁ……」

言って、じぃっと上目遣《うわめづか》いで兄の反応を窺《うかが》う。だがアキラは万が一にも手元が狂《くる》わないように集中していて凛の言葉などひとつも聞いていなかった。

その反応が気に入らなかったのか、凛はたちまち「ムッ」として、

「にいさん」

「……んだよ。頼《たの》むから静かにしててくれよ」

「にいさんの、エッチ」

ずるりと、手が滑《すべ》った。

ナイフの切っ先が脇腹《わきばら》を流れてカツンと地面を突《つ》く。

「あ、アホかおまえ！」

アキラは顔を真っ赤にして怒鳴《どな》った。

「あ、赤くなった。やーい」

「そんな場合か！」

「だってムシするんですもん」

つんっと、悪びれもせずにそっぽを向く。

「なんだよそれ。……もう黙《だま》ってろお前は」

「……はーい」

作業に戻《もど》る。もはや布の切れ端《はし》と化したワンピースを丁寧《ていねい》にはぎ取って、あらわになった上半身を携帯《けいたい》のカメラで撮影《さつえい》する。

「にいさんの変態」

無視。撮影した画像データをすぐさま圧縮に掛《か》けて外部端末《たんまつ》から電波に乗せる。

「にいさんのいけず……」

接続は五秒に限った。その間にネットからかき集められるだけの情報を集めて保存、即《そく》座《ざ》に無線封鎖《ふうさ》して子機を黙らせる。

「にいさん……。ねえ、にいさんってば……」

正直な話、この程度の欺瞞《ぎまん》工作に意味があるのかは大いに疑問だった。それでもやらないよりはましだと思った。

「よし」

データを解凍《かいとう》して評価に掛ける。電車の乗り継《つ》ぎや料理検索《けんさく》と同じ要領でプログラムが現状にもっとも効果的なプランをくみ上げた。

最後にそこらの棒とガムテープで作った即席《そくせき》の台に携帯を固定して準備は終わった。

「それじゃあ、ちょっと痛いかもしれないけど、我慢《がまん》するんだぞ」

「…………」

「凜？」

アキラは麻酔《ますい》の効きを確認《かくにん》するためにむき出しの腹を針で刺《さ》して感覚を聞いた。だが凜はもう「うん……うん……」と虚《うつ》ろにうなずくだけで正体がしれなかった。

時間が無かった。

手順を確認する。サバイバルキットを地面に広げ、無菌《むきん》状態を保証するシールを破って点滴《てんてき》を交換《こうかん》する。アルコールで消毒、ゴム手袋《てぶくろ》を装着する。

これで、アキラの逃《に》げ場はなくなった。

「じゃあ、凜。やるぞ」

ごくり、気づかれないようにつばを呑《の》む。

「…………」

だがもはや、そんなことを気にする余裕《よゆう》は凜にはなかった。

ためらっている時間はない。

それなのにアキラの体はなかなか動いてくれなかった。

奥歯がカタカタと鳴っていた。押し殺した恐怖《きょうふ》が心臓を握りつぶしていた。

これから自分がやることが信じられなかった。できれば誰かに代わってもらいたかった。

でも、もう誰もいなかった。

だから、

アキラは妹の内臓に手を触《ふ》れた。


「ぐ……！」

ジワジワと蟬が鳴いていた。

「…………あ」

ダラダラと汗《あせ》が流れていた。

「……あ……あ……」

納屋の闇に、瀕死《ひんし》の兎《うさぎ》があえぐような声が響《ひび》く。

「…………」

ぴちゃぴちゃと、狼《おおかみ》が獲物《えもの》をむさぼるような音が響く。

「……………く……あ……」

アキラは何一つ間違《まちが》えることのないよう傷口をにらみ、携帯のタッチパネルを血まみれにして情報を洗った。血を失いすぎた凜の表情は真っ白で、肌が不気味なほど冷たかった。

無我夢中で傷を塞《ふさ》いだ。気づけば涙《なみだ》があふれていた。

『循環《じゅんかん》血液量減少性ショック』とかいう漢字すらよく分からない医療《いりょう》データを深く漁《あさ》った。『治療《ちりょう》の基本方針は心拍《しんぱく》出量と末梢《まっしょう》循環の回復にある』とかいう意味の分からない文章を必死でかみ砕《くだ》いた。

もっと小学生にも分かるように簡単に書いてほしかった。『出血に対する止血を行い相当量の輸血を行う』の『相当量』ってなんなんだと思った。出来の悪い調理レシピみたいな文章に妹の命を任せるのは死にそうなほど恐《おそ》ろしかった。

地獄《じごく》のような三十分が過ぎた。

「…………う……ん？」

それでも二カ所の出血点を塞ぎ、二単位分の輸血が終わると、凜の顔色は明らかに良くなっていった。

「……？　にいさん？」

「喋《しゃべ》るな、静かにしてろ」

心の底からほっとした。だが態度には一切《いっさい》出さなかった。

「……私、寝《ね》てた？」

いぶかしそうなふわふわした視線があたりを漂《ただよ》う。

「もっと寝てて良いぞ」

言葉だけは自信たっぷりに聞こえるよう声を張った。

「…………ねえ、にいさん……」

だが凜は言うことを聞かず、とろりとした目つきで辺りを見回し、

「おねえちゃんは？」

と、言った。

一瞬《いっしゅん》、手が止まってしまった。

「ねぇ、さーちゃんは、どこにいったの？」

血の巡《めぐ》りとともに不安も戻ってきてしまったのだろう、凜が泣き虫な表情で言った。その、ある意味いつも通りな態度がアキラをあっという間に追い詰《つ》める。

「ねぇ、にいさんってば」

ぐいぐいと、腹の穴など忘れたかのように身を乗り出して、凜はアキラのシャツを引っ張る。

「さーちゃんは、どこ？」

さーちゃん。さよ。相馬《そうま》小夜《さよ》。

その名は凜の姉であり、アキラの妹である少女のものだった。

目を覚ました凜は真っ先に、姉の行方《ゆくえ》を気にしていた。

「さーちゃんは、どこへいったの？」

「………………」

「ねぇ、にいさんってば」

妹の言葉をあからさまに無視してアキラは縫合《ほうごう》を続けた。いつもならそれだけでこちらの内心を慮《おもんぱか》ってくれるはずの妹はしかし、このときばかりは何歳も幼くなってしまったかのようにいつまでも袖《そで》をぐいぐいと引っ張って、

「ねぇ……」

ぐいぐいぐいぐい、

「さーちゃんはどこ？」

いつまでもいつまでも、

「にいさんってば！」

アキラは仄白《ほのじろ》い面《おもて》を上げた。自暴自棄《じぼうじき》な破壊衝動《はかいしょうどう》が胸に満ちた。「……にいさん？」怒《おこ》られる直前のように凜がおびえた。

さあ？

知らないよ。小夜はあいつらの目をそらすために自分から囮《おとり》になったんだ。そこからさきは俺にだって分からない。もしかしたらとっくに奴《やつ》らに攫《さら》われて、死んじまったかもしれないな。

そんな真実を言いたくなくて、アキラは小さく微笑《ほほえ》んだ。

「……小夜は、ちょっと出かけただけだ。すぐに、帰ってくる」

「そう、なの？」

「ああ、だから、凜が心配することはなにもない。眠《ねむ》ってたら、すぐだ。約束する」

「……そっか」

微笑み。

「約束なら、安心ね……」

「ああ、……さあ、もう寝てな」

たしか睡眠薬《すいみんやく》があったはずだ。――アキラはサバイバルキットを漁りながら、このときばかりは妹の負傷を感謝していた。

なぜならもし、凜の意識が明瞭《めいりょう》で、視界がはっきりしていたなら、目の前の古ぼけた壁《かべ》の向こうから簡単に答えを見つけていただろうから。

「……ちょっとチクッとするけど、我慢しろよ」

もしも許されない嘘《うそ》というものがあったとしたら。このとき、この瞬間の嘘こそがそうだったのだとアキラは思う。

「そしたらあとはぐっすり寝て――」

なぜなら、その報《むく》いはあまりにも早くおとずれたから――、

ズン――、

そのとき、地面が揺《ゆ》れた。

ズン――、

ぱらぱらと、納屋《なや》の梁《はり》から土埃《つちぼこり》が落ちる。

アキラはゆっくりと腰《こし》を浮《う》かした。

「にいさん」

きゅっ、凛が左手を強く絞《しぼ》った。

ズン——……、

「にいさん、この音……」

「しぃ、静かに」

生命の危機に晒《さら》されたせいか、凛の意識はスイッチを切り替《か》えたように明瞭になっていった。

ズン——……。

「……結局、逃げられなかったみたいですね……」

ズンッズンッと、遠くで削岩機《さくがんき》が動いているような、巨大《きょだい》な〝足音〟は着実に大きくなっていった。

「……どうします？　にいさん。また、逃げますか」

アキラは壁に顔を寄せて外の様子を窺《うかが》った。冷めた弱音《よわね》が背中を撫《な》でた。

「それとも、いっそもう、ここで……」

「いや」

頬《ほお》の筋肉に力を入れて、アキラは無理矢理笑ってみせた。震《ふる》える妹のそばによって、頭をくしゃくしゃと撫でてやった。

「もう少しだけ、がんばろう」

すがりつく手を強く握《にぎ》って、いつものように励《はげ》ました。

「……そうですね」

しばし、凜は子猫《こねこ》のような表情でされるがままに頭を撫でられてから、

「にいさんなら、そう言うと思ってました……だったら、私も、一緒《いっしょ》に行くだけです……」

微笑んで、自分も起き上がろうと腕《うで》にぐっと力を入れた。

「いや」

その肩《かた》を、アキラはトンッと押し返した。

「にいさん？」

不自然なほど力なく、凜はパタリと地面に倒《たお》れた。

「凜はここで寝てろ。――手当はもう終わったからさ」

「なにを言っているのですか……」

まるで聞いたことのない言語で話しかけられたように、凜はきょとんとした表情で兄の顔を見つめていた。

妹の腸に触《ふ》れたときと同じように、アキラはその台詞《せりふ》を吐《は》くことを躊躇《ちゅうちょ》した。そんなことと絶対にやりたくなかった。できれば逃《に》げてしまいたかった。

それでも、やらないわけにはいかなかった。

だから言った。

「俺が囮になる」

目の前の表情が凍《こお》る。

「だから凜はここにいろ、静かにして、救助を待て」

言って、アキラはその手を離《はな》して立ち上がろうとした。

「っ！　そんな！　だめ！　にいさん！」

だが、おぼれる人がするように、凜はその手を離さなかった。

「いやですにいさん！　行っちゃいや！」

切なくなるほど弱い力で縋《すが》る指を、アキラは無理に引き剝《は》がそうとはしなかった。そんなことをしなくても、薬の力によって凜の握力《あくりょく》はこの瞬間にも弱っていたから。

「約束する」

また、嘘をつく。

「奴らを引き離したらすぐに帰ってくる。小夜も、みんなも連れてくる」

「いや……いやぁ……」

凜は、ふるふると首を振《ふ》った。闇《やみ》の中で光が舞った。

「いやです、にいさん……そんな、にいさんまで……」

こんこんと湧《わ》く清水のように、涙《なみだ》はあふれて地面に落ちた。

「だったら凜も……凜もいっしょに…………つれてって……」

それでも、もはやその指先に力はなく、

「おねがい……にいさん…………ひとりは……もう…………い……や……」

ぱたりと、涙と共にその手は落ちた。

手の平には綿毛《わたげ》が撫でたようなささやかな感触《かんしょく》だけが残された。覚えのある感覚だった。

それは今よりもずっと幼かった頃《ころ》、空に放してしまった風船のそれとよく似ていた。

なにか、取り返しのつかないものを手離してしまったような気がした。

でも、それでよかった。

「……ごめんな」

最後に、妹の頬を撫でて、そこに流れる涙を拭《ぬぐ》ってやった。

「……イチジクと、ブドウ。ここに置いてくな。凜、好きだったもんな……」

リュックから果物《くだもの》を出して妹のそばに置いてやる。

あとなにか、自分がしてやれることは無かっただろうかと考えても、もうなにも思いつかず、結局そんなことくらいしか自分には出来ないのだと悟《さと》って苦く笑った。

「じゃあ……」

あとはもう振り返らなかった。

「元気で――」

納屋を飛び出す。

途端《とたん》に夏がうなじを焼いた。

「うおおおおおお!!」

森を抜《ぬ》けたあたりでわざと大声を上げた。

畑を駆《か》け、アスファルトを跨《また》ぎ、白骨じみたコンクリート片を蹴《け》っとばして走った。街に入ってからは自販機《じはんき》や通信機器などの電磁波を出すものがあれば片《かた》っ端《ぱし》から火を入れた。馬鹿《ばか》みたいな良い天気。緊張《きんちょう》と暑さで笑えるほど汗《あせ》が噴《ふ》き出た。四車線道路の真ん中を走った。ひしゃげたベンツを踏《ふ》み台に高く飛んだ。街は陽炎《かげろう》に沈《しず》み、現実は嘘のようだった。

そしてアキラはそれを見た。

ズン――‼

四齢期《れいき》を遥《はる》かに超《こ》えた『石竜型《タイプワイアーム》』の特殊《とくしゅ》災害指定生物だった。教則では三メートルを越《こ》えないと言われていたそれは簡単に五メートルを越えてみせ、民家の上からひょいと視線を投げ下ろしていた。

目が合う。

現実の獣《けもの》にはあり得ない五つの眼《め》、そのうちの三つがアキラを見下ろしている。

だが残りはまだ、納屋の方角を見つめていた。

「そっちじゃない化け物！」

アキラは叫《さけ》んだ。

「俺だ！　俺が相手してやる！」

足が震えた。

「かかってこい！」

声が裏返り、喉《のど》はたちまち嗄《か》れ果てて、がなり声しか出なくなった。

それでもアキラは叫び続けた。腕を振り回し、声を上げて、自らの命を薪《まき》のように危険にくべた。

だというのに、石竜《ワイアーム》はこちらの存在など石ころのように無視して、納屋に向けた視線を外そうとしなかった。

「この！　こっち向けって——」

足下《あしもと》に落ちたコンクリートの破片《はへん》を拾う。アキラはそれをおおきく振りかぶって、

「言ってんだろが‼」

ひゅん、と、投げられた石は放物線を描《えが》き、見えなくなるほど小さくなってから竜《りゅう》の足に「カツン」と当たった。

瞬間、ぎょろりと、
アキラの挑発《ちょうはつ》は実を結んだ。石を投げつけられた個体を含《ふく》めた二十八の瞳《ひとみ》がすべてこちらに注がれる。

ぎょろ、ぎょろ、ぎょろ、ぎょろ、ぎょろ、ぎょろろろろ、

「……よし」

ぞぞぞぞ、とビルにとりついていた竜達が、いままでの無関心が嘘のように駆け下り始めた。その様はまるで雪崩《なだれ》か津波《つなみ》のようだ。

竜が迫《せま》る。圧倒的《あっとうてき》な破壊《はかい》の波を前にして、だがアキラの心中は不思議と穏《おだ》やかだった。

守るべき命も責任もなく、こうして自分の命だけで死と対峙《たいじ》することは、さっきまでと比べるとだいぶ簡単なことだった。

轟《とどろ》きを上げて先頭の石竜《ワイアーム》が迫る。右目の二つと左足の一つを失った見るからに古強者《ふるつわもの》な古参兵だ。

「………………」

もはや言葉もなく、アキラはただ、佇《たたず》んだ。

やれることは全《すべ》てやった。

もう何をしても無駄《むだ》だった。

目の前に迫る竜はその、象徴《しょうちょう》のように強大だった。

だが、

「………………」

それなのに、気づけばアキラは拳《こぶし》を握りしめていた。

誰《だれ》もがみんな、子供の頃は魔法《まほう》が使えた。

それはきっとあきらめない力なのだとアキラは思う。自分という存在を本気で信じるたましいの力、奇跡《きせき》を起こす最初の魔法。

だから、このときのアキラも諦めなかった。

何の意味が無くても、せめて抵抗《ていこう》した記憶《きおく》だけは残したくて拳を握った。何十倍にもなる巨体《きよたい》を前に、体一つで立ちふさがった。

「うおおおおおおお！」

せめて気概《きがい》だけは負けないように、足を踏みしめ、叫びを上げて、ちっぽけな拳を目の前に迫る理不尽《りふじん》へと振り下ろした。

たった二百グラムの拳と、半トンにもなる二列前脚《まえあし》は真っ正面からぶつかり、そして、

魔法は即座に発動した。


拳を受けた石竜《ワイアーム》の装甲《そうこう》が一瞬《いっしゅん》で溶解《ようかい》。衝撃《しょうげき》が外骨格を伝わって関節で弾《はじ》け、吹《ふ》っ飛んだ足が砲弾《ほうだん》のように後列部隊に突《つ》き刺《さ》さる。

「こい！」

右腕《みぎうで》がうなる。全身に不可視の力が満ちわたる。

蝉時雨《せみしぐれ》ふる夏のことだった。

何もかもが間に合わず、全てが終わった、後のことだった。

「皆殺《みなごろ》しだ！」

その日、アキラの子供時代は終わりを告げ《つ》げた。

誰もがみんな子供の頃《ころ》は魔法が使えた。

だがそれもいつか終わる。

現実の理不尽に心が折れ、自分自身に疑いを持ち、走り続けたその足を止めてしまう。

そうして人は大人になる。

故《ゆえ》に、相馬アキラがこの戦いを最後に魔法を失ったのは、ある種必然の事だった。

七十年前、人類は超常《ちょうじょう》の力を持って生まれるようになった。

だが、その力は決して人々の幸福にはつながらなかった。

魔法、と自然に呼ばれるようになったその力は、まるで獣の手に握《にぎ》られた拳銃《けんじゅう》のような物であり、零歳児《ゼロさいじ》によって振るわれた力はあらゆる場所で「不幸な事故」を巻き起こした。寝返《ねがえ》りを打つように振るわれた念動力は家屋《かおく》を倒《たお》し、寒さに震《ふる》えて喚《よ》んだ炎《ほのお》は火災となった。

結果、一九八六年における事故数は前年度の数千倍におよび、震災《しんさい》ひとつなかったその年の事故死者は全世界で数百万をかぞえた。

人々は後に、この特異な現象を法学上の故事からとって「メリッサの剃刀《かみそり》」と呼んだ。

その言葉は、十九世紀末に起こったある事件。満一歳になる赤ん坊《メリッサ》がそばにあった剃刀で、生まれたばかりの妹を殺害した事件からとられたものだ。

メリッサは異常殺人者でもなければ妹を憎《にく》んでいたわけでもなかった。ただ、彼女にとって初めて見る剃刀は至る所から色水を取り出す魔法の道具であり、彼女は妹と遊びたかっただけで、そこに一切《いっさい》の悪意はなかったのだ。

それでも、過度の力は彼女に妹を殺させた。

もはや全ての子供がメリッサだった。自分が何を手にしているのか知らず、その力が何を引き起こすのかも分からず、幼い理解で剃刀を振《ふ》るい、悲劇を生む。

それが剃刀ならば、まだ良かった。剃刀ならば、あるいは拳銃ならば、爆薬《ばくやく》なら、核《かく》ミサイルのスイッチなら、大人が取り上げれば事は足りた。

だが当時の人類に、魔法などという不可視の力を取り上げる術《すべ》はなかった。

最悪の年、生後一年間の乳児死亡率は六割を超え、人類は滅亡《めつぼう》の淵《ふち》に沈《しず》んだ。

希望はあった。それも二つも。

一つは時間。

原因は不明だが子供達は年間十パーセントほどの割合で魔法の力を失い、以降は普通《ふつう》の子供となった。これによって最初の数年さえ乗り切ればほとんどの人間を通常通り育てられることが分かった。

そしてもう一つは魔法の干渉《かんしょう》。

子供達が使う「魔法」は空間に働きかけるものらしく、強力な召喚圏《しょうかんけん》に含まれた者はその力を減衰《げんすい》されることが分かった。

各国はすぐさま大規模な養育計画に乗り出し、子供達を一か所に集めて育て始めた。

乳児死亡率は劇的に低下し、十年の月日を経て少しずつ人類は回復していった。

だがそんなものはただの始まりに過ぎなかった。

のちに特殊災害指定生物と名付けられた化け物達が現れたのはその頃だった。

第一章　三度目のドロップアウト

あの日からずっと、アキラは小夜《さよ》を探し続けている。

中学三年になってすぐの頃に、いわゆる「進路希望調査」というやつがあった。生徒一人一人に紙が配られて、そこに将来の夢やら希望校なんかを書き入れるというやつだ。周りの人間が「料理人になりたい」とか「とりあえず進学」とか迷いながら書いている中で、アキラは一瞬も迷うことなく「妹を見つけること」と書き込んだ。

結果はさんざんだった。教師は困惑《こんわく》し、数少ない友人もドン引きしていた。「行方《ゆくえ》不明になった人間はもう忘れろ。それよりも自分の将来を考えるんだ」そう、何度も言われた。だが、アキラは諦《あきら》めなかった。なぜなら小夜を見つけ出すまで、相馬《そうま》アキラの人生は少しも先へは進まないのだから。

現状、災害指定生物の研究がもっとも進んでいるのはアメリカの西海岸だった。だからアキラは現地の学校と交換《こうかん》留学をしている高校へと進学した。

夏になれば現地に行ける。
それだけを夢見て日々を過ごした。大人になるにつれて手に入る権利がうれしかった。
不可能だと思っていた夢に、ほんの少しだけ手が届いた。
そう思っていた、
それなのに……、

築十四年。駅から十五分。月額五万五千円の部屋は引っ越《こ》し直後のがらんとした空気に包まれてしんとしている。荷物は段ボール箱に入れられたまま部屋の隅《すみ》に積まれ、家具はベッドだけが「とりあえず」という風に真ん中に置かれていた。

その中でピピピピと携帯電話《けいたいでんわ》が鳴っていた。ベッドの枕元《まくらもと》で光り輝《かがや》くディスプレイには「二十三時五十分」と表示されている。

それをアキラは無表情で見つめていた。

携帯が鳴り続ける。だがアキラはまったく動く事が出来なかった。その額にはフツフツと脂汗《あぶらあせ》がわき、心臓がばくばくと鳴っていた。

「――ハァ――ハァ――」

携帯はやがてあきらめたように沈黙《ちんもく》した。消灯する直前の画面には二十三時五十一分と表示されていた。

闇《やみ》と静寂《せいじゃく》が充分《じゅうぶん》に戻《もど》る頃、アキラはようやく落ち着きを取り戻して上体を起こすと、いまだにしびれの抜《ぬ》けない両手を見つめた。

「夢……」

目の前の両手は記憶にあるものよりもだいぶ大きく、五年の月日を感じさせた。

起き上がる。着替《きが》えずに眠《ねむ》ったせいか肉体と制服の両方がごわごわになっていた。

たった四歩の距離《きょり》にあるキッチンに向かい、備え付けの冷蔵庫を開く。牛乳のパックを取り出し、口をつけて一気に飲む。

半分以上残っていたはずの中身はあっという間に無くなった。口元をぬぐってパックを捨てる。便所によって用を足し、手を洗う。どこかで春の虫が鳴いている。

「ひでぇ顔……」

洗面所の鏡にはとても自分のものとは思えない、陰気《いんき》な顔が映っていた。

ベッドにどさりと座り込み、アキラは再び闇を見つめた。

心臓の高鳴りがほんの少しだけ残っていた。

なつかしい悪夢だった。

数年前はそれこそ毎日のように見ていたトラウマのような夢。最近ようやく見なくなった子供時代の終わりの夢。

なぜ今更《いまさら》そんな物を見たのか。答えは明白だった。

アキラはため息をもう一ついてから制服のポケットにしまった一枚の紙を取り出した。

紙には「辞令書」と書いてあった。


日本国政府発行。

相馬アキラを魔法師《まほうし》として再認定《さいにんてい》し、時島《ときしま》への移住を命じる。


「まじかー………」

なぜこんな事になったのかを、アキラは改めて思い出す。全《すべ》てはあの憎むべき身体検査のせいだった。

あの、視力検査と聴力《ちょうりょく》検査の間にあった召喚知覚検査。あそこで『召喚領域が復活している』と認定されたせいで、自分はこうして夜の天井《てんじょう》を見つめている。

なんで今更。とアキラは思う。

あれから五年もたったのに。

もう悪夢で目覚めることもなかったのに。

これでようやく小夜を探しにいけると思ってたのに。

それなのに……。

時刻は五十五分になっていた。

ベッドをきしませて仰向《あおむ》けになり、再び紙面に目をこらす。

紙にはさらに「翌日中に統治局本部まで出頭する事」と「逆らった場合は基本的人権の適用外となり、強制的に従わせる」とも書いてあった。

そしてその「翌日」はあと四分で終わる。

「俺、捕《つか》まるのか……」

それが嫌《いや》なら今日の朝一で新宿《しんじゅく》に行って、統治局に出頭すれば良かったのに……、と人ごとのような考えが自分を責める。

だが、アキラにはどうしてもそうすることが出来なかった。これから精肉にする牛に「面倒《めんどう》だからここまで歩いて来い」と言ってのける傲慢《ごうまん》さが我慢《がまん》できなかった。だからこうして「翌日」はすべて寝《ね》て過ごした。

だが……。

——いい、今更言ってもしょうがない、どうせあと三分——いやもう二分だ、二分後には全てが終わり、あとは向こうが勝手に処理してくれるだろう。

五十九分。

しかし、実際のところ自分はどうなるのだろう？　刑事《けいじ》がやってきて本当に逮捕《たいほ》されるのか、それとも図書館の本を延滞《えんたい》した時みたく「次からはもうちょっとはやく来てくださいね」と言われる程度ですむのか、それすらも分からない。そうなってくるとこうして正月か誕生日みたく二十四時を待っている自分はすこし間抜けに思えてくる。

クスリと、そう想像すると少しは笑えて、アキラは自分がずいぶんと緊張《きんちょう》していたのだと気づき、残りの一分間を自分が実際にどう逮捕されるのか思い描《えが》いて遊んでみる事にした。

あと三十秒。

そうだな、まず二十四時ぴったりにそこのドアポストから催涙弾《さいるいだん》が投げ込まれて、部屋の中が真っ白になる。俺はごほんごほんと咳《せ》き込んでのたうち回る。

二十秒。

続いてそこの窓が映画みたいに蹴破《けやぶ》られて、黒ずくめの統治局員が乱入してきて手足を拘束《こうそく》する。

十秒。

全部終わって、その後に「ごくろうさま」みたいなことを言って親玉が現れる。ここは映画よりもマンガ的に女の子がいい、魔法が強いとかそんな適当な理由で、ごつい集団のリーダーをか弱い少女がやっているパターンだ。

んでその美少女がこっちに向かって「あなたには黙秘権《もくひけん》が認められる」とか「弁護士を呼ぶ権利がある」とか言ってフィニッシュ。

零秒《ゼロびょう》。

ないわー、とアキラが笑った瞬間《しゅんかん》だった。

すべてが現実の事となった。

「──あなたには黙秘権が認められない。あなたには弁護士を呼ぶ権利がない」

妄想《もうそう》と現実は少しばかり細部が違《ちが》って、催涙弾は音響爆弾《おんきょうばくだん》だったし、蹴破られたのは窓どころかドアもだった。親玉は「ごくろうさま」を言わなかったし、被疑者の権利《ミランダルール》は無いどころか逆だった。

「あなたはいま、あらゆる権力機構の保護を受けない準災害指定状態にあります」

だがそれ以外はすべて、そのままだった。

「ですが我々に従い、協力するのなら、日本国の魔法師としてその権利を認めましょう」

黒ずくめの人影《ひとかげ》の中で、その少女だけが明るい色の学生服を着ていた。ガンライトの中で背筋を伸《の》ばし、さっぱりと切り込まれた黒髪《くろかみ》を白煙《はくえん》のなかで揺《ゆ》らしている。

アキラはガンガンと響《ひび》く耳も、肺を潰《つぶ》す勢いで床《ゆか》に押さえつける統治局員も何もかも無視して、その少女を見つめていた。

「通告は以上です。そちらからは、なにか言いたいことなど、ありませんか？」

見上げる先で、少女は小鳥のように首をかしげて、

「兄さん」

そう、言った。

「なにかじゃねぇよ……」

みしり、と肩《かた》の筋肉が怒《いか》りに震《ふる》えた。腕《うで》を固める統治局員に緊張が走る。だがアキラの怒りは彼らに向けられたものではなかった。それは強《し》いて言えば神さまとか、運命とかいうものに向けられた怒りだった。

笑えるくらい予想通りだった現実のなかで、その少女の存在だけはまったく、予想していなかった。

「……お前の方こそ、この状況《じようきよう》で、なにか俺に言うことはないのかよ……」

五年の月日がたっていても、見間違えるはずがなかった。

目の前に立っている少女は、よりにもよって、

「凜《りん》」

「……では一つだけ」

その言葉を聞いて、凜は、相馬凜は、五年ぶりに会う妹は、

「あのときはよくも、私を置き去りにしてくれましたね」

一言で、アキラの心を打ち砕《くだ》いた。

怒りも、力も抜け落ちる。するとその様子をじぃっと見つめて、凜は拘束している局員

を下がらせた。

そして、すぅっと、手を差し伸ばす。

もはや空っぽになったアキラの体がなにも考えずに手を伸ばした。小さな手は意外なほど力強く、アキラを地べたから引っ張り上げた。

立ち上がって、見下ろす位置にうつった凜は「よく出来ました」と褒《ほ》めるようにひとつうなずき、
がちゃり、と、

「零時《れいじ》五分、対象を確保」

アキラの両手に手錠《てじょう》を嵌《は》めた。

「さ。いきましょうか。兄さん」

そうして兄妹《きょうだい》は再び出会い、手を取り合って歩いて行った。

「私たちの故郷、時島へ」

幼い頃《ころ》、一緒《いっしょ》に太陽を追いかけていた時代とは違い、暖かな手と絆《きずな》の代わりに、鋼鉄の輪と断絶でその手をつないで。

特殊《とくしゅ》災害指定生物。

既存《きそん》の生物群とは似て非なる法則に生きるそれらは人類の一部――すなわち魔法に目覚めた子供達だけを攫《さら》っては海中に没《ぼっ》した。

その行動原理は完全に不明。内と外、この二つの危機を乗り越《こ》えるため、国家は特別な都市を作り上げた。

子供達を一か所に隔離《かくり》することによって効率的に養育し、また、彼ら自身を戦力として鍛《きた》えることによって特殊災害指定生物に対抗《たいこう》する。

それが防衛型教育都市だ。

船は波を蹴立《けた》てて南へ走った。

「兄さん」

一般客室《いっぱんきゃくしつ》のコンパーメントの中。向かいに座る凜が言った。

だがアキラはその呼びかけが自分に対するものだとはしばし気づかず、

「兄さん」

「え、あ、ああ……」

再び呼ばれてようやく気づいて視線を上げた、するとじぃっと、黒曜石のような真っ直《ます》ぐな瞳《ひとみ》を向けられた。

「なんだよ……凜」

まるで口に石でも含《ふく》んだように、その言葉は言いづらかった。五年の月日はすっかり舌を鈍《にぶ》らせたようで、妹の名前は知らない人のようだった。

そもそも凜とは五年前のあの日以来、一度も会っていなかった。アキラからは何度か手紙を送ったのだが、一通も返ってこなかったのだ。魔法師《まほうし》と一般人の間の壁《かべ》は大きい物だが、これは、そんなものとは別次元の拒絶《きょぜつ》だと思っていた。

ところが凜の方はとくに気にした様子もなく。

「ひとつ、頼《たの》みがあるのですが。お願いできませんか」

と小首をかしげて言ってきた。

当然、アキラは警戒《けいかい》した。こちらは虜囚《りょしゅう》で、あちらは看守である。今度は手錠だけじゃすまないかも知れない。

「……分かった。なんだ？」

が、だからといって、断れるものでもない。アキラはせいぜい楽な頼みであることを祈《いの》りながら返事をした。

それはとびきり簡単な願いだった。

「ミカンを、とってください」

「は？」

「ですから、ミカンです」

言って、ちょいちょいと、人差し指を立てて頭上のキャビネットを指さした。そこには二人の荷物が詰《つ》め込まれている。

「この船、欠陥《けっかん》構造なんですよ」

不服そうに言う。そういえば船に乗ったときも背伸《せの》びをしていたなと思い出す。

「………………」

無言で立ち上がってキャビネットを開ける。ミカンは特徴《とくちょう》的な赤いネットに入っていた。

「……これか？」

「はい。ありがとうございます」

ぺこり、と頭を下げて受け取って、凜はミカンの皮をむく作業に入る。その姿には緊《きん》張《ちょう》もこわばりも存在せず、五年間一度も会わなかった兄という微妙《びみょう》な存在がそばに居ることを許していた。

なんだかひとりでハリネズミみたく警戒していた自分が馬鹿《ばか》みたいだった。

「……俺にもひとつくれ」

丁度、次の一房《ひとふさ》を口に運ぼうとしていた時だった。

それがよくなかった。凜はきょとんとした顔で手の中のミカンとアキラをまじまじと見比べて、

「あーん？」

これでいいのか。とでも言いたげな表情で腕を伸ばした。

「……いや、そうじゃなくて」

そっちそっち、と傍《かたわ》らに置かれたネットを指さす。凜はすぐに自分の勘違《かんちが》いに気づいたようだが、その頃にはなにか別の事が楽しくなってしまったようでニッコリ笑い、

「あーん」

やたらとプレッシャーを感じる「あーん」だった。

「いや、あの……」

「あーん」

「嫌《いや》がらせかよ……」

「そんなことはありません。兄さんはこんな話をご存じですか？」

ぐりぐりと、もはや「あーん」とはかけ離《はな》れた距離《きょり》で頬《ほお》にミカン汁《じる》をなすりつけながら凛が言う。

「あるところにとても手の長い猿《さる》達がいました。彼らの手は食事をするには不自由だったため、ご飯をぽろぽろこぼしてしまっていつもお腹《なか》がぺこぺこでした」

いきなり始まったたとえ話に、アキラは眼《め》を白黒させた。

「ところがある日、猿達は長い手を使ってお互《たが》いに食べさせあうことを覚えたのです。以来、猿達はお腹いっぱい食べられるようになって群れは繁栄《はんえい》し、猿は地に満ちました。そう、もうお気づきですね。彼らこそが後の人類です。言わばこの『あーん』は人の進化の始まり、慈《いつく》しみの原点なのです」

おしまい。と話を閉じて、「あーん」とまた心底うれしそうにミカンを押しつける。

「……いや、いい話っぽいけど。俺の手が不自由なのは凛が手錠かけたからだよな？」

じゃらりと両手を鳴らしながら、アキラはびしっと突《つ》っ込みを入れた。そこにはいまだに、銀の輪が嵌められていた。

「あと、お前は別に不自由ないんだからその話は成り立たないよな？　っていうかそもそも手錠されててもミカンくらい食べれるよな⁉」

「兄さん静かに、目立ちます」

ばっさりと切って捨てられる。

船内はすいているとはいえ一般の客もちらほらいる。彼らは最初から兄妹をうろんな眼で見つめており、近くの席には寄りつかなかった。

アキラも目立つのは本意ではなかったのでそう言われると喉《のど》を詰まらせてその後の怒声《どせい》を封印《ふういん》するしかなかった。

「〜〜。凛、よく聞け。そもそも——」

だからせめて、小言だけは言ってやらねばと口を開いたのだが。

「てい」

口中にさわやかな甘みが解凍《かいとう》された。白い指先が上唇《うわくちびる》を撫《な》でていった。

「…………」

「おいしいですか。兄さん？」

「知るもんか……」

結局また、なにも言わずにため息をついた。

まったくこの妹は。

凜は、五年前とまったく違い、だけどちっとも変わっていなかった。

身長は二十センチも大きくなっていた。——だがアキラも三十センチは伸《の》びていたため違和感《いわかん》は少ない。

喋《しゃべ》る言葉も語彙《ごい》が圧倒的《あっとうてき》に増えていた——だが喋る内容はまったく変化していなかったので驚《おどろ》くほど会話が自然。

そして、

「？　なんですか？」

視線に気づかれて、作り物のような小さな顔の、大きな瞳と目が合う。名画を飾《かざ》る額縁《がくぶち》のように、控《ひか》えめなショートボブがさらさらと頬を撫でている。

明るい色の制服は落ち着きがちの人相を彩《いろど》り、冷たくも華《はな》やかな印象を与《あた》えた。

五年ぶりに見る、相馬凜は綺麗《きれい》になっていた。

「なにを見ているんですか兄さん。お金とりますよ」

だが中身は変わって、いなかった。

「……相変わらずお金だいすきか、お前は」

「む。違いますよ兄さん。私が好きなのはお金ではありません。力です」

「俺には違いがよく分からねぇよ……」

七夕《たなばた》の短冊《たんざく》に一言「けん力」と書いて教師陣《じん》を震撼《しんかん》させた妹は、どうやらそのままらしかった。いいか悪いかは別として、そのあたりの変わってなさが今は少し救われた。

「………」

「………」

沈黙《ちんもく》が戻《もど》ってくる。だが今度はあまり気にならず、むしろ心地《ここち》よいものだった。

だが凜は、まるでバランスを取るように毒のある言葉を吐《は》き出した。

「ところで兄さんはまだ、小夜さんを探しているそうですね？」

「……ああ」

頷《うなず》きつつも、アキラは自分の答えに疑問を持っていた。以前と同じように、胸を張って言うことは出来なかった。

「……お前も、バカだって、反対するのか。凜」

だからだろう。自然と声は硬くなっていた。

ところが凜はあっさりと首を振り、

「いいえ、反対はしません。心の中で何を思おうと、それは兄さんの自由ですから」

ぱくり、最後のミカンをしゃくしゃくと食《は》む。

「ただし、それを公言するのはやめてください。これは本家の指示です」

「そんなもんをなんで俺が――」

「そして、私からのお願いでもあります」

じぃっと、凜は真っ正面からアキラを見つめた。

「たとえばここに、姉を特災に攫《さら》われた妹がいるとします」

「その妹はひどいトラウマを受けて傷ついて、それでもなんとか立ち直り、清く正しく実家を乗っ取ろうとがんばっているとします」

「……ああ」

「……お、おう」

「つまり、彼女は薄情《はくじょう》にも姉を見捨てたわけです」

目をそらすこともなく、凜は言った。

「姉の存在をすべて忘れて、探すなんて思いもしないで、そうして幸せになろうとしているんです。ところがある日、そんな妹の前に相馬アキラがやってくるんです。どんな困難があろうと諦《あきら》めずに、自分の幸せなんて考えもしないで、その妹が諦めた姉を探す。そんな人が、ね」

「………」

「果たしてその妹は、兄さんを見てどんな気持ちになると思いますか？」

「さあ……分からねえよ」

凜は笑って。

「だったら、考えてみてください」

微笑《ほほえ》みの奥に憤怒《ふんぬ》が、軽《かろ》やかな声の深くに怨嗟《えんさ》があった。

「私がどんな気持ちで、この五年間を過ごしてきたのかを」

アキラはなにか返事をしようとした。だがその頃《ころ》にはもう、凜の心は無表情の奥へと隠《かく》れてしまい、二度と戻ることはなかった。

「肉親や友人を攫われた子が、今からいく島にはそれなりにいます。彼らの前で、そんなまぶしい物を見せびらかさないでください。これが、私個人の理由です」

「………」

「兄さん。お返事は？」

「……分かった」

手錠《てじょう》の掛《か》かった両手を掲《かか》げて、アキラは完全降伏《こうふく》の構えを取った。凜はやはり、表情を変えることなく「そうですか……」とうなずいた。

話は終わった。

今度の沈黙は重く、暗く、断絶した兄妹《きょうだい》の間に流れるにふさわしいものだった。

アキラは再び、窓の外を眺《なが》めた。台風の影響《えいきょう》からか、海は薄《うす》い霧《きり》に覆《おお》われて見通しが悪く、水平線が近くにあった。

相変わらず現実感が失《う》せていた。昨日までの自分といまここにいる自分がどこも繫《つな》がっていなかった。

どこかでラジオが鳴っている。

『──次のニュースです。前年度の特殊《とくしゅ》災害指定生物による被害《ひがい》がゼロだったことを祝い、統治局は先日、時島にて記念式典を開きました──』

どことなくうれしそうなキャスターの声が、アキラの古傷をいじくり回す。この世界ではこういうことが多くあった。

『──迷子《まいご》台風の影響により、開催《かいさい》を危《あや》ぶまれていた式典でしたが、当日は快晴に恵《めぐ》まれ、参列した統治局長官は、五年連続となる被害ゼロを喜ぶと共に、当時、島で起きた痛ましい惨劇《さんげき》の被害者に黙禱《もくとう》を捧《ささ》げ──』

聞きたくなくて、アキラは両腕《りょううで》を組んで顔を伏《ふ》せた。

まるで五年前みたいだった。小夜を失い、住処《すみか》を追われ「普通《ふつう》」の世界に移り住んだ頃のこと。別に大それた事を祈《いの》りはしない、今すぐ会わせてほしいとか、どこかで無事に暮らしていてくれとか、願わない。だから神様、せめて邪魔《じゃま》だけはしないでほしい……。

相馬アキラは、妹を見つけたいだけなのだから。

そのときだった。

ぴんぽーんぴんぽーんと、間の抜《ぬ》けた電子音が響《ひび》いて、船長のアナウンスが始まった。

アキラは目的地が近づいたのかなと思って外を見たが、なにも見えなかった。

『えーこのたびは高速補給艦《かん》はやてにご乗艦いただき、誠《まこと》にありがとうございます。本艦は現在航路の四分の三を消化し……』

誰《だれ》も、特に騒《さわ》ぐ様子はなかったので、よくある船内放送だろうと思った。

「本日は『迷子台風』の影響もあってか、〇七〇七時に特災警報が発令されました。本艦はまもなく戦闘《せんとう》海域に入ります。お客様におかれましては誠にご迷惑《めいわく》をおかけいたしますが、席にお戻りになって……」

（……ん？）

顔を上げた。いま、なにか変なことを言っていなかったかと思った。

「特災が出ましたね」

アキラの疑惑《ぎわく》を、凜があっさりと肯定《こうてい》した。

「は？」

「普通、これだけの少人数に食いつくことはないんですけど。……珍《めずら》しい。迷子台風が近いせいでしょうか」

携帯《けいたい》を開く。何かを確認《かくにん》している。

「──まったく、管轄《かんかつ》外だというのに、やっぱり待機命令が出ましたか。まあいいでしょう。折角ですし兄さん。甲板《かんぱん》に行きましょう」

携帯を閉じて、凜が立ち上がり、

「──竹井《たけい》さん」

隣《となり》の席に声を掛けた。

「竹井さん。起きてください。竹井さん」

「……う～ん……」

そこには歌舞伎町《かぶきちょう》系のホストを水洗いして適当に干したような青年が眠《ねむ》っていた。恐《おそ》ろしく顔がいい男だったが、同時に全力でそれを駄目《だめ》にしているような男だった。

「……ん？　もうつきましたか？」

彼はアキラの護送のために同行した統治局員の一人だ。

この任務は本来ならば、学生である凜がサブで竹井がメインなのだが、アキラはいまだに彼がなにか働いているところを見たことがなかった。

「いいえ、そうではなくて、待機命令が出たので甲板に行ってきます。竹井さんは——」

「分かりました……すみませんが私はここにいますので……」

「ええ、分かっています」

行きましょう。と促《うなが》されて、アキラはコンパートメントを出て行った。背後を振《ふ》り返ると、竹井は錠剤《じょうざい》を何粒《つぶ》も飲み込んで、また眠りに落ちていくところだった。そして、

「やあね、特災なんて、なんでまた……」

その周りには、敵愾心《てきがいしん》をたたえた大人達の瞳《ひとみ》がいくつもあった。

「あの小僧《こぞう》っこ共のせいだ……」

彼らはまるでアキラ達こそが災《わざわ》いそのものであるかのように強い視線を向けていた。

その視線から逃《に》げるように、アキラは手錠を鳴らして凜を追った。

「なあ、どういうことだよ」

「なにがですか？」

「特災が出たって……」

とても信じられなかった。現に竹井の反応は鈍《にぶ》い物だったし、大人達も敵愾心は見せた

だけで、あとは面倒《めんどう》くさそうに座ってシートベルトも着けていない。凜に至っては艦橋《かんきょう》に行くと見せかけて途中《とちゅう》の自販機《じはんき》に寄り道しているほどだ。

「兄さんもなにか飲みます？」

「そんなことしてる場合かよ！」

「怒鳴《どな》らないでください。まれに、よくあることです」

落ちてきた缶《かん》の一つを凜が投げた。東京では見たことのない銘柄《めいがら》の缶コーヒー。

「特災の根城は洋上ですから、船に乗っていれば襲《おそ》われることくらいあります」

あちち、凜は自分の缶をお手玉した後、袖《そで》でつまんで歩き出した。

船特有の頑丈《がんじょう》な扉《とびら》を開けて甲板に出る。

外は相変わらず薄い霧に覆われていた。東にあるはずの太陽は水蒸気に阻《はば》まれてまるで月のようだった。

「兄さん。こちらへ。よく見えますよ。――そんなに緊張《きんちょう》しないでください。別に戦うわけじゃないんですから」

「い、いやでも……」

二人は甲板の端《はし》に立ち並んだ。ガチャン、分厚くペンキが塗《ぬ》られた鉄柵《てっさく》と手錠がぶつかり合う。カシュ、凜の手元でお汁粉《しるこ》の缶が開けられる。

そして、五年ぶりに、アキラは見た。

十時方向五十メートル先に、十五メートルほどの海龍《かいりゅう》が長い尾《お》をくねらせていた。その姿は鯨《くじら》のように大きく、亀《かめ》のように泰然《たいぜん》としていた。

大きい、APS計測《リンガースケール》でβ級《ベータ》はありそうな『海竜型《タイプサーペント》』特殊災害指定生物だ。

「な、な、な……」

悪夢の中の生き物が、あっさりと目の前に現れていた。

「こうして見ると、ちょっと可愛《かわい》いですね」

凛の言葉には確かにうなずけるところがあった。時折海中から顔を上げて、船の様子を覗《のぞ》いている姿はイルカのように愛嬌《あいきょう》があった。

だが、それはやはり一瞬《いっしゅん》のことでしかなく、

『ギイイイィィィイイヤァアアァァァア!!』

龍が、二人を見つけて叫《さけ》びを上げた。

音を立てて頭が没《ぼっ》する。渦潮《うずしお》を割って胴体《どうたい》がうねる。

「り、凛!」

「なんですか兄さん」

信じがたいことに、凜は事ここに至っても汁粉を飲んでいるだけだった。

とぐろを巻き、銀の鱗《うろこ》をきらめかせて、龍の尾がしぶきを上げる。

「〜〜！　いますぐこれを外せ！」

打ち上げる海水から目を守りながら、アキラは自分の手首に嵌《は》まる手錠――『聖キロンの錠前《じょうまえ》』――をガチャガチャと鳴らした。

「これじゃ戦えない！」

しかし凜は心の底からバカにした瞳で、

「護送中の人間を、解放するわけがないでしょう？」

「そんなこと言ってる場合か！」

「言ってる場合なんですよ。そもそもなぜ真っ先に自分が戦おうとしているのですか？　バカですか兄さんは？　ああすみません、バカでしたね。バカでうぬぼれ屋さんでしたね。……大概《たいがい》にしてください。優先順位を考えれば、この場で誰が戦うべきなのか分かるでしょうに」

そのときアキラはようやく気づいた。水しぶきが甲板を叩《たた》く中で、なぜか自分達の周りだけが濡《ぬ》れていないことに。

その中心には凜がいた。

「……じゃあ、お前が」

「いえ、私は戦《たたか》いません」

「はぁ⁉」

「管轄が違《ちが》うのですよ。ここで私が出ると始末書ものです」

「そんなの――」

『キシャアアアァァァ!』

いよいよ龍が狙《ねら》いを定めた。鎌首《かまくび》をもたげて口を開き、円弧《えんこ》を描《えが》いて落ちてくる。

「凜!」

刹那《せつな》の瞬間、アキラは飛び出していた。時が止まる。開けられてもいない缶コーヒーが甲板に落ち、凜が冷めた目で汁粉を飲んでいる。水しぶきの一粒《ひとつぶ》一粒が宙を舞《ま》い。龍は津《つ》波《なみ》のように雪崩《なだれ》打つ。

ああ、こんなところで終わるのかと、アキラは思った。

五年前を生き残って、十五年間生きてきて、その終着点がこんなところだとは考えてもいなかった。

結局自分は、なにも覚悟《かくご》なんか出来ていなかったのだ。

最後だと思って、アキラは凜の前に立ち、いつかのように正面から龍をにらみつけた。

だが拳《こぶし》を握《にぎ》りしめることは、もうなかった。

そして、

『ギイイイイヤアアアアアァァァァァァ‼』


突如《とつじょ》、龍が燃え上がった。

「へ？」

アキラの口から間の抜けた声がもれた。凜はただ汁粉を飲んでいた。

『ギイァ⁉　ギイイアアアアア‼』

首をひねって龍が逃げた。だが第二第三の炎弾《えんだん》は熟練の漁師が仕掛《しか》けた罠《わな》のように鱗をとらえて焼き焦《こ》がした。たまらず龍は悲鳴を上げて、頭から海中に逃げていく。

だがそれすらも罠だった。

ひときわ巨大《きょだい》な火球が龍を追うように海面に接触《せっしょく》、行き場を失った水蒸気がマッシュルーム状に爆発《ばくはつ》して巨大な水柱となった。

あとには骨と皮しか残らなかった。

さらさらと降りしきる海水を浴びながら、アキラは呆然《ぼうぜん》として顔を上げた。天球の頂《いただき》、雲と同じ高さの場所。そこに炎の主《あるじ》がいた。

金色の髪《かみ》をした、少女だった。

カモメ達にまざって空を行くその少女は凛と同じ制服を着て、巨大な本のようなものに腰《こし》掛《か》けて飛んでいた。

その眼《め》は鮮《あざ》やかな蒼色《あおいろ》をしていた。

目が合った気がした。

だがそう思ったのはアキラだけのようで、少女はすぐに視線を切って、流星のように落ちていった。

「兄さん。ほら」

ゆっくりと、凛が人差し指を上げて、少女が落ちていった方角を指さした。今の爆発で風が変わり、霧《きり》がみるみるうちに吹《ふ》き散らかされて、

海。

空と海の間にはありとあらゆる天気があった。晴れと雨、嵐《あらし》と凪《なぎ》、遠くの海で雷《かみなり》が光り、真っ黒な雲がそのまま落ちたように雨を降らせていた。

指先の方角、船の行き先、風と光のさすところ、すべての事象が収束する先に、その島

はあった。

時島。

日本最大級の魔法《まほう》都市であるその島には、いたるところで桃色《ももいろ》の桜が咲《さ》いていた。

海に桜が舞っている。

それはいかなる魔法でも叶《かな》えられない現実だけがもつ神秘の景色だった。

だが、そこから先はすべて、本物の魔法ばかりだ。

雲を突《つ》いてそびえる山の頂で太古の炎《ほのお》が燃えていた。

巨水をたたえる湖の真ん中に空へと伸《の》びる滝《たき》があった。

廃墟《はいきょ》となった病院の真ん中で樹木の城が浮《う》いていた。

「……はは」

東京には一つもなかった異形《いぎょう》の風景を前に、アキラはただ乾《かわ》いた笑《え》みを漏《も》らした。

とっくに忘れたと思っていたのに、それらの異常な風景はアキラの心に簡単になじんだ。

「兄さん。見てください」

凛がさらに注意を引きつける。どうやら漠然《ばくぜん》と島を指していたのではなく、特定の地点を示していたようだ。

「あれが、兄さんが今日から通う学校です」

そこには巨大な壁《かべ》があった。

厚さ一メートル、長さは六キロにもなるその壁は特殊《とくしゅ》災害指定生物の侵入《しんにゅう》を防ぐ現代の長城。子供達を守る最後の壁だ。東京都と政府はこの壁のために千五百億円をぽんと出し、正門には百以上の企業《きぎょう》と千近くの人名が彫《ほ》り込まれていて「私達は子供達の未来を守ります」と主張していた。

幼い頃《ころ》、社会科見学で似たような壁を見たときのアキラはその言葉を素直《すなお》に受け止めて、感想文ではキラキラとした感謝の言葉を書き連ねた。だが外の世界で五年を暮らし、両手を鎖《くさり》に繋《つな》がれて引き立てられていく今はただ「そんなの嘘《うそ》だ」と呟《つぶや》くのみだった。

外から見ればよく分かる。これは檻《おり》だ。

この島は丸ごと、子供達を逃《に》がさないための檻であり、特殊災害指定生物という厄災《やくさい》が飛び火しないようつくられた箱庭なのだ。

「怖《こわ》いのですか。兄さん」

ふと、凛が言った。

「……べつに」

「でも、震《ふる》えています」

言われて初めて、自分が腕《うで》を抱《だ》いて震えていることに気づいた。

「いや、寒いだけだよ」

「そう、ですか」

じっと、すべてを見透《みす》かすような目線から逃《のが》れるため、アキラは缶《かん》コーヒーを拾い上げて一息に飲んだ。コーヒーはぬるく、とんでもなく苦かった。

凜もまた、こくりこくりと汁粉を飲んで、ほうっと赤《あか》ん坊《ぼう》のように息をついた。

以後、二人は一言も言葉を交《か》わさなかった。

第二章　水は低きに流れて天へと還《かえ》る

校舎の片隅《かたすみ》で奇妙《きみょう》な三人組を見た。

全員が女子で、なぜか私服を着ていて、一様に青ざめた表情をしていた。

見知った所などまるでない三人なのになぜか、アキラは彼女らの顔に見覚えを感じた。

「兄さん」

だがそれについて深く考える前に、アキラは校長室へと連れて行かれた。


「腐《くさ》った面《つら》じゃな」

数々のトロフィーと賞状、歴代の校長と名士の写真、数々の書類が詰《つ》まった偉《えら》そうなキャビネット。そこはまるで学校の歴史を物質にして並べたような部屋だった。

そしてその主もまた、歴史の一部であるような老人だった。

「まっこと腐った、腐りきった面じゃ。まるで自らの不幸を顔面に塗《ぬ》りたくって世間様に喧伝《けんでん》してまわっとるような卑屈《ひくつ》な面じゃ。ザ・卑屈じゃ。まったくいい表情を浮かべるようになったな。小僧《こぞう》」

綺麗《きれい》に禿《は》げ上がった頭皮とその代わりとばかりに長く伸びた髭《ひげ》。老いてなお壮健《そうけん》な肉体と時代めいた袴《はかま》はそのたたずまいだけで周囲を威圧《いあつ》して空気を呑《の》んだ。

学校長。田所文太《たどころぶんた》。

歴代校長の写真の先頭に並ぶ額縁《がくぶち》にはそう、書いてあった。

時島《ときしま》学校の校長は通常の学校運営者とは異なり、政争のなりゆき、時代の民意に簡単に左右されて入れ替《か》わりが激しかった。そのなかで彼は十年以上校長を務めている老獪《ろうかい》な人物であり、その言葉には市政の長すら恐《おそ》れる怖さがあった。

が、

「言いたいことはそれだけかよ」

アキラはあっさりと喧嘩《けんか》を買い、凜《りん》が額に手を当ててため息をついた。

「会ってそうそう言いたい放題言ってくれたな死に損《ぞこ》ないが。そんなに棺桶《かんおけ》に急ぎたいなら手伝ってやるぞ」

聞く者が聞けば卒倒《そっとう》しそうな物言いを、しかし当然のものとして受け止めて、老爺《ろうや》は白髭をしごいてにまりと笑う。

「ふん、出来ぬことは言わん方が良いぞ餓鬼《がき》めが。昔のように尻《しり》を叩《たた》いてやろうか？」

「は。こっちこそ、そのうっとうしい髭を蝶々《ちょうちょう》結びにしてやる」

「あ？」

「お？」

「やるか？」

「やるか！」

「二人とも」

いよいよもって飛びかからんとする二人を、絶対零度《れいど》の声が止めた。

「その辺にしてください」

凛は処置無し、と言わんばかりの表情で首を振《ふ》る。

二人はぎゃーぎゃーと騒《さわ》ぎ出してとたんに責任を押しつけあう。

「でも凛。最初に喧嘩売ったのは向こうで――」

「ぬかせ、わいせつ物陳列《ちんれつ》罪ならぬ卑屈物陳列罪があったら真っ先にしょっ引かれるような面をしとった貴様が悪い」

「わいせつ物はその汚《きたな》らしい髭だろが！」

「あ？」「お？」「やるか小僧？」「それはこっちの――」

「二人とも」

まるで喧嘩っ早い子犬のリードをずるずると引くように、凛は机に詰め寄っていたアキラの襟首《えりくび》を引っ張って下がらせた。引きずられつつアキラは、てめえ次あったらただじゃおかないからな。という瞳《ひとみ》で睨《にら》み付け、校長のほうも、お前こそ月のない夜は気をつけろよ。という視線で中指を立てた。

「ふん、悪ガキめ」

そう言って、田所は一枚の巨大《きょだい》な皺《しわ》を作るように笑ってみせた。幼小中高大の一貫《いっかん》校でもある時島学校の校長を務める田所は五年前、アキラがこの島にいたときから校長をしており、当時から悪ガキどもをちぎっては投げちぎっては投げ、尻を叩いて回る子供達の宿敵だったのだ。

「まったく仲のいいことです」

凛が独り言を言っている。『それは違《ちが》うぞ』と二人の声がハモる。

「校長先生、それよりも、入学手続きをすませてください」

「ふむ」

校長は白髭を二度三度しごき、

「むろん、相馬《そうま》アキラの本校への入学……許可しよう。書類をくれたまえ」

事務的な手続きがしばし続いた。ぽん、ぽん、と、いくつかの書類に判子が押され、そのうちの一つがアキラに渡《わた》される。

生徒手帳。

朱印《しゅいん》の色も鮮《あざ》やかな、その手帳は在学証明だけでなく公的な身分証明ともなっており、いま、アキラはようやく「人間」になれた。

「凜君、竹井《たけい》先生」

眼鏡の縁《ふち》からちらりと覗《のぞ》き、書類へのサインを続けながら校長は言った。

「受け継《つ》ぎたしかに承《うけたまわ》った。二人とも、もう戻《もど》りなさい」

「は……私達だけですか?」

「うむ、凜君はついでに彼女も呼んでくれたまえ」

「……分かりました、では兄さん、また後ほど」

凜は少し躊躇《ためら》っていた様子だったが、そのときのアキラは部屋を出て行くもう片方の人間——竹井のほうに気を取られていて気づかなかった。

(あの人、教師だったのか)

てっきり統治局の人間だと思っていたが違ったらしい。それを言うなら凜だとて学生なのだが——。

「さ、これで手続きは全《すべ》て終わったな」

最後のサインを終えた校長が眼鏡を外して眉根《まゆね》を揉《も》み、正面からアキラを見つめた。

「当校へようこそ相馬アキラ。我々は君を歓迎《かんげい》しよう。師によく仕えてこれを学び、同胞《どうほう》を得てよく遊び、後輩《こうはい》を導き、国家と人類に愛をもって仕えなさい」

急に一席ぶちはじめた老人を前にアキラはぱしぱしと目を瞬《また》かせて、それから「へいへい」と気怠《けだる》く返事をした。

「よし、今日はもう授業もないし、あとは帰ってよろしい。ああ、いや、それを含《ふく》めて細かな説明をこれから来る生徒に――」

「いや、その前に――」

言葉を遮《さえぎ》って、アキラは両手をじゃらりと掲《かか》げた。

「コレ、まだ外しちゃだめなのか？」

「おお、そうじゃったそうじゃった」

言って、校長は懐《ふところ》をまさぐり、小さな銀の鍵《かぎ》を一つ取り出して机に放《ほう》った。アキラはぶつくさと悪態をつきながら、鍵を拾おうと手を伸《の》ばす。

寸前、老いた手が鍵をさらっていった。

「………」

ひょい、と鍵を追った。だが鍵は猫《ねこ》じゃらしのように空中を逃《に》げて、追う手はむなしく空を摑《つか》んだ。

二度、三度。

「………なんのつもりだ？」

じろり、胡乱《うろん》な眼光が老人をにらむ、だが鍵と同じく視線もついっと外されて、頬杖《ほおづえ》をつき、鍵をチャラチャラと回しながら、校長は言った。

「いやな、鍵を渡す前に、一つだけ聞きたくなっての」

「アキラよ。お主、本当にこれでいいのか？」

巫山戯《ふざけ》ているにしては真剣《しんけん》過ぎる表情だった。アキラはその真意を量《はか》るように腰《こし》を引いて老人を見下ろす。

「……どういう意味だよ」

「なぁに、簡単なことよ」

にまりと、長い年月を掛《か》けて煮詰《につ》められた、とびきりの悪意が笑《え》みの形を取った。

「犬ころのように捕《つか》まって、こんなところに押し込められて、お主はそれでよいのかと聞いておるんじゃ」

「おい……」

みしりと、空気が軋《きし》んだ。

「手錠《てじょう》をされて、檻《おり》に入れられ、殺されたくなかったらそこで仲良く大きくなって、将来は我々のために働けと言われて、それでいいのかと聞いておるのじゃ」

「……おい」

いままでの、子供がじゃれ合うような喧嘩とは違う。本物の敵意がお互《たが》いを結んだ。パキパキと、空気が裂《さ》けて真空が鳴った。

「……今更《いまさら》、それを聞くのか？」

「ああ。さあ、答えるがよい」

過去の記憶《きおく》がよみがえる。〝もういらない〟と追い出されて、それでも必死に生きてきた。息を吸うことから学びなおして、それでも諦《あきら》めずに小夜《さよ》を探した。

「……んなもん――」

そしてようやくつかみかけた道を、再び取り上げられたこと。

ぱきり、キャビネットのガラスに一条の罅《ひび》が入る。

「いいわけないに決まってるだろ！」

バシャーン！　ガラス戸が一瞬《いっしゅん》にして白く砕《くだ》け、次の瞬間なだれ落ちて絨毯に舞《ま》った。

その音で我に返り、アキラはハァハァと、荒《あら》い息をつく。

絨毯に奇妙《きみょう》な跡《あと》がついていた。

アキラを中心とした、八十六センチの範囲《はんい》だけが毛羽だっていた。

だが田所に動揺《どうよう》はなかった。

「で、あろうな」

殺意寸前の敵愾心《てきがいしん》と、殺傷寸前の魔《ま》法渦《ほうか》の中にあって、この老人は涼《すず》しい顔をしている。

「ならば別段、この鍵は必要なかろう」

老木のような指の先で、銀の鍵が躍《おど》っている。さっきから田所がなにを言いたいのか、アキラにはさっぱり分からない。

「嫌《いや》だと言うなら、従わなければよいではないか」

「なにを言って——」

「従わずに、迫《せま》り来る統治局員をちぎっては投げちぎっては投げ、そうして新宿《しんじゅく》にあるあの胸くそ悪い統治局本部を崩落《ほうらく》させて『俺にかまうな！』と要求すればいい」

こいつはなにを言っているんだ？　アキラは最大限まで混乱した。老人の言葉を冗談《じょうだん》だとは思わなかった。この、十億人に一人というとんでもない確率の上に一人立つ、齢《よわい》七十にして未《いま》だに魔法の力を蓄《たくわ》える老稚の瞳に嘘《うそ》は一つも無かった。

「いや、そもそもそんなことをする必要すらないな。お前の目的はほれ、例の妹を取り戻すことなんじゃろ？」

老人はさらに、丁寧《ていねい》に、アキラを刺《さ》した。

「だったらこんなところでじっとしている理由はあるまい。ほれ、いますぐ海に飛び込んで、太平洋の向こうまで探しにいけぃ」

「そ、そんなこと――」

「は、出来ぬと抜《ぬ》かすか。六年前のお主が聞いたら悶死《もんし》するぞ」

「――ッ!!」

鍵に手を伸ばす。だが老獪《ろうかい》な手は魔法のように動いて銀の鍵を隠《かく》した。

「可能不可能の別もなく――」

まるで子猫を遊ばせるように、その表情に慈《いつく》しみさえ見せて老人は鍵を繰《あやつ》った。

「――自由自立の意志もなく」

だがアキラは必死に目の前の鍵を追うばかり。

「――夢も希望も見失い、自己も自由も奪《うば》われて、もうどうしていいか分からずに、卑怯《ひきょう》卑屈《ひくつ》を面《つら》に張ってふて腐《くさ》れる――」

最後に、鍵は掌中《しょうちゅう》にしまわれて、節くれ立った人差し指がアキラの心臓を指さした。

「それが、今のお前じゃ。アキラ」

アキラはもう声もなく、酸欠の魚のように口をぱくぱくさせた。

「なんで、そこまで……」

信じられない。瞳《ひとみ》の奥で潮の気配を感じた。惨《みじ》めさを指摘《してき》されて、言い負かされて涙《なみだ》ぐむなんてまるで子供みたいだった。

「ふん、不細工な面じゃな」

それでも老人は容赦《ようしゃ》せず、指をさしていかにアキラが無様《ぶざま》かを突《つ》きつける。

「卑屈で、後ろ向きで、ふて腐れて、どこにも行けず、道に迷った——」

そして、老人は笑った。

「まっことすばらしい、良い面じゃ」

それは朗《ほが》らかな笑みだった。

「人間の男の子《おのこ》の、良い面じゃ」

「……今度は嫌みかよ……」

「そうではない。そうではないのだ、アキラよ……」

「……」

老人はなんの悔《く》いも憂《うれ》いもない、まるで臨終の時のような満足げな表情で瞳を閉じる。

「受け取れい」

あっさりと、銀の鍵が机に落ちた。

「だが心して、受け取るがいい。反発でも迎合《げいごう》でも妥協《だきょう》でもかまわん。ただ、覚悟《かくご》だけは決めて、その鍵を取れ。……あるいは拒《こば》め」

手錠を持ち上げて鼻をすする。

「…………」

アキラは、迷った。

鍵を取るか、取らないか迷った。

そして迷えることに驚《おどろ》いた。

一昨日《おととい》から今日まで、このまま命令に従うしかないと思っていた数々のこと。いや、それだけではない、生まれたときから今この瞬間までの数々の理不尽《りふじん》、大人の命令や不平等な法則、不運不幸。そういった、仕方がないと諦めるしかなかったこと。それが実は、自分の決めつけにしか過ぎなかったのだと、気づいたのだ。

だっていま、俺は迷っている。迷えている。

この鍵を、ただ取るにしたって、俺は選択《せんたく》することが出来る。この理不尽を内部から変えるために取るとか、あくまで生きるためだと割り切って利用することも出来る。

田所の言った馬鹿《ばか》げた夢想だって、頭から否定しなくたっていいんだ。

だって、それだって自由なのだから。

自由なのだ。

鈍色《にびいろ》に輝《かがや》く小さな鍵、受け取るしかないと思っていた運命の前で、アキラは自由に迷っていた。

田所がまた笑っている。午後の柔《やわ》らかい光と、どこかから入り込んだ桜の花びらがひらりと落ちる。時も、人も、物も、その場にあるもののなにもかもが、若人《わこうど》を祝福するかのように沈黙《ちんもく》し、その迷いを守っていた。

そしてアキラは鍵を――、

コンコン。

その時ノックが鳴った。

†

「失礼します！」

という言葉通りに礼を欠いて、ノックの返事すら待たずに扉《とびら》が勢いよく開かれた。

銀の風。

それに蒼《あお》の光。

密室を割って入ってきたのは、女子の制服を纏《まと》った春風だった。

ぱたり、と、開閉の騒々《そうぞう》しさと真逆の丁寧さで扉が閉まる。少女の勢いにようやく追いついた金髪《きんぱつ》とスカートがふわりと落ちる。

華《はな》のある、少女だった。

金髪蒼眼《きんぱつそうがん》という外見はもとより、その心象、心のあり方が目立つ少女だった。その一挙一動には意志が溢《あふ》れ、体の全《すべ》ての箇所《かしょ》が表情豊かで、アキラにはこの一瞬で彼女がどんな人間か分かる気すらした。

そしてその見立てからすると、彼女はいま、少しばかり不機嫌《ふきげん》そうだった。

「桜田《さくらだ》ノア。参りました」

言って、少女は鞄《かばん》の中から一枚の紙を取りだして田所に渡《わた》した。いや、鞄ではない、そう見えたのは鞄のように装丁《そうてい》された、一冊の古い本だった。

「ノアくんや。ノックをしたら、返事を待ってから——いや、まあ、よい」

校長は盤上《ばんじょう》に打たれた奇手《きしゅ》を見るように女生徒を見やり、つづいてアキラに視線をやる。

「紹介《しょうかい》しよう——アキラ。彼女は我が校の生徒会副会長を務める桜田ノアくんだ。お主と同級になる。しばらく世話係《チューター》として面倒《めんどう》を見るから分からないことがあったらなんでも聞くがよい」

「はあ」

どうも、とおざなりに頭を下げる。

「ノアくん。彼が転入生の相馬アキラ」

「ええ！　もちろん知ってます！」

すっと、スカートの裾《すそ》を持った正式な礼に、アキラは慌《あわ》てて頭を下げた。丁寧な挨拶《あいさつ》はこの場所には場違《ばちが》いだったが——しかしノア個人の外見には完璧《かんぺき》に調和して、合っていた。

おかげでアキラは油断した。

「初めましてアキラ。桜田ノアです。以後お見知りおきを願います」

ずい、っと、

（ち、近っ！）

気づいたときには懐《ふところ》に入り込まれていた。ノアはお辞儀《じぎ》の反動を利用するように踏《ふ》み込むと強気そうな、キラキラ光る目で見上げてきた。

アキラは、その目に覚えがあった。

「えーと、初めまして……でもないんだけど……」

「え?」

たぶん、間違いない。彼女はあのとき巨大《きよだい》な海龍《かいりゆう》を屠《ほふ》った炎《ほのお》使いだ。

「……いや、初めまして。えーと、桜田さん?」

巨大な印象を与《あた》える少女だったがこうして見るとサイズは普通《ふつう》で、アキラより顔半分ほど小さかった。

「さん、はいらないわ。あなたは凜のお兄さんだもの。そのかわり私も呼び捨てにさせてもらうわね」

「あ、ああ」

凜の兄だとなぜ呼び捨てにしていいのか分からないが、とにかく頷《うなず》いておく。

「よろしく!」

すっと右手を差し出した。

なんだこれ? まさかじゃんけんでもあるまいし……。と思ってしばらく見てから、アキラはようやくその手が握手《あくしゅ》を求めているのだと気がついた。

……外見といい、名前といい、外国の人なのだろうな。と思いつつ、アキラは「はあ」と生返事をしてぎこちなく右手を差し出して――、

「あ」

じゃらり、と手錠《てじょう》に阻《はば》まれた。

「……え？」

視線が一点に集まる。

ノアが手をさしのべたままの姿勢で凍《こお》り付き、柔らかだった声が冷たく凍る。

「…………な、なに、それ……」

「あ、いや、これは」

怯《おび》えさせてしまったと思って、アキラは慌てて手首を隠そうとする。

だがその必要はなかった。

「校長先生……」

ノアは、怯えていたのではなく、怒《いか》り狂《くる》っていたのだから。

キッ！　と勝ち気な瞳がさらにつり上がる。

「なんですか！　これは！」

ズゴゴゴと、背景に炎を背負い、ズンズンと歩いて校長に詰《つ》め寄る。

「いや、その、なんじゃ、こやつ、再獲得《かくとく》したとき統治局の呼び出しをボイコットしおっての、その処置だ」

「その程度で！　統治局は彼を犬のように引きずってきたのですか⁉」

「いや、犬のようにて……引きずってきたのはこやつの妹じゃが……」

気づきたくなかった事実を流れ弾《だま》のように喰《く》らいながら、当事者であるアキラはどう反応すればいいのか分からなくて二人をおろおろと見る。

「誇《ほこ》り高き魔法師《まほうし》を鎖《くさり》に繋《つな》ぐだなんて……」

巨大な怒りを飲み込むように、小さな肩《かた》がわなわなと震《ふる》える。

「百歩譲《ゆず》って、いえ千歩譲って、統治局の処置が仕方のなかったことだとします！　でもここに着いたらそんなもの関係ないでしょう！」

「い、いま、外すところだったんじゃよ。のう、アキラ」

「お、おう。そのとおり」

「真っ先に外すのが筋でしょう！」

なぜか協力して言い逃《のが》れようとする二人を、ノアはまとめて両断した。

「鍵《かぎ》！」

言われてとっさに、アキラは机の上に視線をやってしまった。

ノアはその意味を正確に理解した。

「あ」

と、思う間もなく、カワセミが川に飛び込むように、白い手が銀の鍵をすくい上げる。

すべてがゆっくりと動いていた。ノアの左手が手錠をとらえ、右手の鍵が正確に差し込まれる。

「ちょっ――」

その時なにを言うつもりだったのか、アキラには分からなかった。

待ってくれと言いたかったのか。あるいは止《や》めろと言いたかったのか。または――、または、なにを、言いたかったのか……。

しかし、カチャリ、と。

次の瞬間《しゅんかん》、アキラの迷いは永遠に失われた。

老爺《ろうや》が気の毒そうに、あるいは愉快《ゆかい》そうに二人を見ていた。

「？　いま、なにか言いかけた？」

解放された銀の輪が、プラプラと左手に揺《ゆ》れていた。久しぶりに解き放たれた右手はなぜだろう、他人の手のようだった。

「……いや」

すこし怪訝な顔をしながらも、ノアは残った左手の鍵も開けた。毛足の長い絨毯の上に手錠が落ちて、力を失ったように小さく鳴った。

「……ありがとう」

本当は、余計な事をするな、と言いたかった。

だがその代わりに礼をするくらいの自制心は、まだあった。

「どういたしまして！」

まったく悪気のない輝くような笑顔《えがお》。訳もなく胸が痛くなるような、その笑顔をアキラはまともに見られない。彼女に怒りを覚える自分の方こそが間違っているのだと分かっていても消せないいくすぶりが心に残った。

「これでようやく握手が出来るわね！」

そしてノアはやはり、そんなアキラの心境に気づかずに、あっさりと踏み込んでその手を両手で包み込み、大きく上下に動かした。

「私達、いい友達になれそうね」

アキラは返事をしなかった。

そしてノアは右手を離《はな》し、しかし左手は握《にぎ》ったままで歩き出した。

「さ、行きましょ」

妹に掛《か》けられた枷《かせ》を、見知らぬ少女に外されて、アキラは再び歩き出す。

「学校、案内するわ」

†

時島学校の総面積は平均的な学校をはるかに凌駕《りょうが》し、手つかずのまま放置されている山間部まで含《ふく》めると島の五分の二が校内というすさまじい広さになる。その内訳は幼稚園《ようちえん》から大学まで、さらに寮施設《りょうしせつ》や食堂、学校病院と多岐《たき》にわたり、実際に通っている学生でさえ地理を把握《はあく》しかねるほどだ。

そのなかでも最も歴史がある――言い換《か》えればぼろい――高等部棟《とう》の木造廊下《ろうか》をぎしぎしと鳴らしながら、二人は歩いていた。

「まったく信じられないわ！」

いまだに手を握ったまま、ノアはスカートを翻《ひるがえ》してずんずんと行く。

「そもそも。これから生徒になろうって人に手錠を嵌《は》めるなんて野蛮《やばん》なのよ！　しかもそのまま校内を歩かせるなんて！　おかげで中等部では転入生はヤンキーだとか、もと死刑《しけい》囚《しゅう》だとか噂《うわさ》が立っているのよ！」

「え、マジで？」

左手の先に気を取られていたアキラも、今の言葉は聞き逃《のが》せなかった。

「マジ、よ」

くるりと、ノアが一瞬だけ振《ふ》り返って几帳面《きちようめん》に返事をする。相手の距離《きより》感《かん》がつかめないアキラは再びのけぞる。

……そうか、俺ヤンキーだとか、死刑囚だとか思われてるんだ。

（……じゃあいまは、どう思われているんだろう？）

と、思って、アキラは周囲を見渡《みわた》した。

すでに時刻は放課後のこと、校内にはそれなりに人影《ひとかげ》が多く、二人の姿を目にとめる者も多かった。彼らはこちらを見るとひそひそと声を潜《ひそ》めて囁《ささや》いていた。曰《いわ》く（元ヤンの死刑囚が……）（副会長を……）（引きずり回している……）

元ヤンでも死刑囚でもないし、引きずり回しているんじゃなくてむしろ引きずり回されているんだが、あっという間に後方へと過ぎ去る彼らに言い訳することなど出来なかった。

しょうがないのでアキラは「ガルル」と牙《きば》をむいて道行く生徒を威嚇《いかく》したりする。

「ここが一階トイレ、反対側にもう一つあるわ。それから……？　どうしたのアキラ。変な顔して。犬みたいよ」

「いや、べつに……」

『?』とノア。

「……それよりさ、子供じゃないんだからそろそろ手を離してくれ」

「あ。ご、ごめんなさい」

気づいていなかったのだろう。ノアはぱっと離れた。その隙《すき》にアキラはさりげなく距離を取って、もう二度と捕《つか》まれないように右手をポケットに逃《に》がした。

「──アキラ?」

そこになにか、硬質《こうしつ》なものを感じたのだろう。ノアは一瞬、怪訝そうな顔をする。

「なんだよ」

無表情。

「続き、たのむよ」

「え? あ、うん……そこが生徒指導室で、となりが印刷室、でも実態は先生の喫煙所《きつえんじょ》みたいなものだから近づかない方が無難よ。そのとなりが資料室で──」

少しぎこちなくなりつつも、ノアは校内の施設《しせつ》を指さして案内してくれた。正直とても覚えられそうもないので適当にうなずいていただけだった。

「あ、これ、見取り図ね。参考までに使って」

ひょいと、ノアが本の隙間《すきま》から校内見取り図を取り出して渡《わた》してきた。さっきから鞄《かばん》のような古書の扱《あつか》いに、人ごとながらいいのか？　と思う。

「それでこっちが講義室」

階段を上がった先にある、二階は全《すべ》て教室だった。それも一つ一つが大学の講義室ほどの巨大《きょだい》なものだ。木造にしてはずいぶんと広い。

「クラスごとの教室ってのはないのか？」

「あるわ。この並びよ」

言って、指さす先にも教室が並ぶ。そこにはなじみ深い『一—×』『二—〇』といったプレートとなにやら紋章《もんしょう》が飾《かざ》られている。

「でも、殆《ほとん》ど使わないでしょうね」

「なんでまた」

「時島は……人の出入りの激しい学校だから……」

言われてアキラは思い出した。

『未成年の魔法師は、年間十パーセントの確率でその力を喪失《そうしつ》する』

魔法の喪失はイコールで、魔法師の育成機関である時島学校からの、退学を意味する。

「中学から高校までおよそ半分の人間がいなくなるし。喪失する人の内訳にしても、ある年度だけ大勢消えたり、あるクラスだけ集中したりと、安定しないから……」

ノアの声は悲しげだった。

「……なるほどね」

「だから、うちの学校は中等部以降はすべて単位制よ。アキラもはやく授業とゼミを決めなくちゃね」

「……難しそうだ」

「ふふ、安心して、そのために世話役《チューター》がいるんだもの。私がしっかりサポートするわ。それに凛もね」

そりゃどうも、とまた生返事して凛にだけは手伝わせまいと誓《ちか》う。あいつは自分にとって都合のいい時間割にしそうだ。

「それと、普通《ふつう》の組もないわけではないの。ただ、アキラの知るものよりも少し大きくて、ざっくりとしたものだと思うわ。ひとまわり大きなクラスとでも言えばいいかしら？

――ここよ」

言って、ノアは人差し指を立てて内緒話《ないしょ》をするように、

「一つが『正道不破《アダマント》』ことＡ組。真面目《まじめ》な人が多い印象ね」

指が差す教室には名札と、それにダイヤモンドで出来た甲羅《こうら》を持つ亀《かめ》が刻まれている。

「もう一つが、『女王のように《ビークィーン》』ことB組。……なんというか、奔放《ほんぽう》よ」

そのとなり、槍《やり》のような玉杖《ぎょくじょう》を持ち、王冠《おうかん》を被《かぶ》った女王蜂《じょおうばち》の紋章。

「そして、最後の一つが『猫の箱《チェシャボックス》』ことC組」

最後の教室。箱と、箱の中の暗がりからのぞく猫の瞳《ひとみ》と三日月形の口の紋章が飾られた教室を、ノアは通り過ぎずに押し開いた。

「ここが、私とあなたのクラスです」

開けると同時にクラッカーの音が弾《はじ》けた。

†

もしかすると百人はいたかも知れない。

「よく来たね！　歓迎《かんげい》するよ！」

「これからよろしくなー！」

「ねえねえ、元ヤンで死刑囚ってホント!?」

「馬鹿《ばか》おまえなに聞いてんだよ。——脱獄犯《だつごくはん》だよな？」

鳴り響《ひび》くクラッカー。舞《ま》い散る紙吹雪《ふぶき》。教室は生徒で埋《う》まって大騒《おおさわ》ぎのなかにあった。

「——うちのCクラスは、なんというか自由な人が多いの」

あまりの騒ぎように苦笑《くしょう》しながらノアが言ったが、さすがに注意すべきかどうか迷っている様子だった。

「あなたの話を聞いて、歓迎したいと聞かなくて」

ぽかんと、アキラは頭に引っかかるテープにも気づかず教室を見ていた。飾り付けなどは流石《さすが》に少ないが、手遊びに作ったようなティッシュの花や、ノートを裂《さ》いて作った紙のチェーンまであった。彼らは好き勝手にアキラを囲む。

「はいはいみんな。いきなり転入生を囲まないの。とまどっているじゃない」

だが幸いなことに、ノアがすぐに皆《みんな》を押さえて止めてくれた。

「さ、アキラ、こちらにきて、自己紹介《しょうかい》をして頂戴《ちょうだい》」

ほっとした気分で教壇《きょうだん》に向かう。自己紹介というのもそれはそれで気の重い話だが、この状況《じょうきょう》よりは断然ましだと思った。

だがそこで再び、アキラは自らの心をへし折ったあの言葉と出会うことになった。

ノアの背後の黒板。そこにクラスの皆で書いたのだろう歓迎の言葉が書いてあった。

『相馬アキラくん。魔法《まほう》の復活、おめでとう！』

七色のチョークで書かれた言葉がアキラを打った。

おめでとう。

夢を奪《うば》われ、住処《すみか》を追われて。おめでとう。

「アキラ？」

ノアが怪訝《けげん》そうな顔で黒板を振り返り、そこにある文言《もんごん》を見て「ああ！」と手を打つ。

「そう言えば、すっかり言いそびれていたわね。アキラ――」

そう言って、太陽のように微笑《ほほえ》んだ。

「魔法の復活、おめでとう」

遠い外国でひとりきり、まるでそんな気分だった。

†

歓迎したくて集まったと言った、彼らの言葉が嘘《うそ》だとは思わない。だがその裏には彼ら個人の興味があったのだとアキラは知った。

あの後、同じ質問を何度もされた。

『どうやって、再び魔法を手に入れたのか？』

そんな事を聞かれても答えようのないアキラは統治局員から聞いた話をそのまま読み上げたりする。

――一度失えば二度と使えなくなると言われている魔法だが、中には百万人に一～二人ほどの例外が生まれる。『再獲得者《かくとく》』と言われる彼らはしかし真に魔法を失った訳ではなかったのだ。彼らは何らかの理由――精神的、肉体的なもので――一時的に魔法を行使できなくなり、それが回復した存在なのだ。これまでも視力や聴力《ちょうりょく》を失う事故などとともに、魔法も喪失した例がいくつもあった。さらに近年ではそれらの回復とともに、魔法も復活することも多い――。

だがそんな説明で、彼ら彼女らの顔が晴れることはなかった。

アキラにだって分かっている、彼らが聞きたいのはそんな事じゃない。彼らが聞きたかったのは、正確にはこうだ、

『もしも自分が魔法を失ったとして、どうやって再獲得できるのか？』

知らねーよ。

不機嫌《ふきげん》を顔に出すような事はなかったが、別段、愛想《あいそ》を振《ふ》りまくこともなかった、その

せいか質問者達はだんだんと減っていき、しばらくするとアキラは一人になった。

ぐびりと、やけ酒のようにジュースを呷《あお》る。

いま、アキラは教室の隅《すみ》の窓に寄りかかって「歓迎用」として用意された菓子《かし》をむしゃむしゃと食べていた。

自己紹介と挨拶《あいさつ》をすませ、いくつか質問に答えると、生徒達の半分ほどはアキラを解放して帰宅したり部活に戻《もど》ったりして去っていった。残った半分にしても、いまは菓子を食べながら仲間内でまとまってわいわいと話している。教室はいまや雑談会場となっている。

「お疲《つか》れ様」

菓子代の精算やらなんやらで席を外していたノアが戻ってきた。となりの窓の手すりに背中を預けてふうっと一息つく。

「……あっちは大丈夫《だいじょうぶ》なのか？」

「ええ、あとは凛がやってくれるそうだから」

言われて探すが、妹の姿は見つからなかった。っていうかいたのかと今更《いまさら》思う。

「それより、ごめんなさいね。みんな、興奮しちゃって。なにか、迷惑《めいわく》を掛《か》けてない？」

「や、べつに」

「そう、よかった――コホ」

「ん」

紙コップを渡《わた》してやり、一・五リットルのペットボトルを掲《かか》げる。

「あ、ありがとう――っとと」

ノアは、いやに神妙《しんみょう》な態度で酌《しゃく》を受けると一気に飲んだ。

「ぷはっ……実は校長室に行ったときから喉《のど》が渇《かわ》いていて……どう？　うちのクラスの印象は――あ、ありがとう」

もう一杯《いっぱい》。

「ごくっ……やっていけそう？」

「さあ、どうだか……」

「ふふ、そうよね。まだ分からないわよね。ごめんなさい。ちょっとせっかちだったわ。

――でも、このクラスはいいクラスよ。みんな気のいい人達ばかりだもの」

「……そっか」

「ええ……とは言っても、もちろん、問題児がいないって訳でもないのだけれど……」

そう言った辺りで、ノアの眉根《まゆね》が『ムッ』とつり上がる。

「――なにか用？　……瀬戸《せと》洋二《ようじ》」

そう言って、睨《にら》み付ける先には、人を小馬鹿《こばか》にしたニヤニヤ笑いがあった。

「んだよ、いきなりご挨拶だな副会長」

触《ふ》れたら刺《さ》さりそうな逆毛と着崩《きくず》れした制服、それに百八十にとどこうかという長身。そこにいたのは不良、とまでは言わないにしても、優等生とは言いがたい生徒だった。

「ぴりぴりすんなよ。ちょっと噂《うわさ》の転入生に挨拶したいだけじゃねーか」

「それは、もちろんかまわないけれど……」

「だったら黙《だま》っててくれよ。──よう転入生、調子どーよ？」

男子生徒はなにがおもしろいのかくすくすと笑う。そのなれなれしい態度にノアが間に入ろうとする。が、アキラはそんなノアのほうを止める。

「……？」

怪訝そうな視線を無視して、アキラは窓から離れて男子生徒の正面に立つ。

「別に。良くも悪くもねえよ」

「そうか？　なんだかしけた面《つら》してるように見えたぜ」

「……爺《じじい》と似たようなこと言いやがる」

「あ？　なんだって？」

「いや、なんでもない。……俺はしけた面なんかしてないし。そう見えたならお前の目のほうがおかしいんじゃねえの？」

「……言うじゃねえか」

あん？　おぉ？　と二人はポケットに手を突《つ》っ込んで発情期のマウンテンゴリラのように肩《かた》をいからせる。ノアがどちらを止めたらいいのか分からずおろおろしている。

そうこうする間に二人は額に血管を走らせて、歯医者か恋人《こいびと》の距離《きょり》でメンチを切り合う。

「……転校初日だからって粋《いき》がってんじゃねぇぞコラ。血ぃ見るぞ」

「……そっちこそ縄張《なわば》りの見回りご苦労様だ。新人に一発くらいかまさないと明日《あした》からの生活が不安か？」

「んだと！」

ついに手が出た。瀬戸がアキラの胸を突く。ノアがハッと驚《おどろ》いて慌《あわ》てて止めようとする。

「うら！」

のを待たずしてアキラが反撃《はんげき》、瀬戸の胸を殴《なぐ》り返す。ボスッ今度は肩、お返しに腹。ぼすぼすベシベシとお互《たが》いに体をどつきあう。

「ちょ、ちょっと！　二人と……も？」

割って入ろうとしていたノアが止まる。その殴り合いはまるで若い獣《けもの》がじゃれ合うようなふれあいだった。

「くく」

「へへ」

　そしてガツン！　と拳《こぶし》が打ち鳴らされて拳戟《けんげき》は終わり、

「ひっさしぶりだなアキラ！　なつかしいなおい！」

「俺もだ洋二。まさかここで会えるとは思わなかったぜ！」

　それから二人はバシバシと肩をたたき合い、いやーなつかしい。元気だったか？　とお互いに再会を喜んだ。

「………二人は、友達同士だったの？」

　ぽかんとして、間に入ろうとして手を上げたままのノアが聞いた。

「ゲホッ……ちげえぜ副会長、だれがこんなやつと友達だよ……」

「ゴボッ……ああ、そうだな……」

「ストップ。二人とも止《や》めて」

　最初は健闘《けんとう》をたたえるものだったバシバシがベシベシになり。「痛《いて》ぇぞこのやろう」ドゴン「ふざけんなこら」デュクシに変化して普通《ふつう》に殴り合っていた二人をノアが止める。

「まあ、俺らはいわゆる幼なじみってやつだよ」

　良いのが一発はいったらしい。コキコキと顎《あご》を鳴らしながら瀬戸が答える。

「幼なじみ……ということは」

「おう、〇一八班の三人は全員そうだぜ」

「え？　まさかそれって……あいつらのことか？」

アキラは少し驚いた。

ふるさとを離れて早五年。昔の知り合いの多くも魔法《まほう》を失って、とっくに島を出ていると思った。まして再会できるなんて夢にも思わなかった。五年といったら計算上は四割の人間が魔法を失っていてもおかしくはない。それが五人も残っているということは、ええとつまり五分の二かける……、

「おい馬鹿《ばか》」

「なんだ馬鹿」

もはや五年分のブランクも遠慮《えんりょ》も消え去って、二人は気安げに罵倒《ばとう》し合う。

「お前、まだ入る班決めてないだろ」

その言葉に、なぜかノアがハッとしていた。

「せ、瀬戸洋二、それは――」

「班ってなんだ？」

「なんだそこから説明しなきゃだめなのかよ。使えねーな副会長は」

「こ、これから説明しようと思ってたのよ！」

洋二はノアを無視する。さっきから妙に厳《きび》しい。

「この学校はクラスがでかすぎるだろ？　でもそうすると掃除《そうじ》やらチーム活動やらがいちいちしにくいから班を作るんだよ。でよ、お前俺のところに来いよ」

「だ、駄目《だめ》よ！」

ノアが遮《さえぎ》る。瀬戸がムッとする。

「なんでだよ。関係ないだろう」

「か、関係あるわ！　だって、だってアキラは――」

そこで一度言いよどみ、

「て、転入生の班加入は一週間後と決まっているのよ！」

「げ、そんなルールあるのかよ」

「ええ！　勧誘《かんゆう》のさいに争いが起きないようにという措置《そち》よ！　校則にもちゃんと書いてあるんだから！」

言って、生徒手帳の当該《とうがい》ページを見せつける。だが、瀬戸は見もしないで「分かった分かった」と引き下がり、

「んじゃ、今日のところはこれでいいや」

廊下《ろうか》の向こうに体を向けながら右手を掲げ「おう、寮《りょう》で会おうぜ」と挨拶をし、

「アキラ！」

去り際《ぎわ》にニヤリと笑った。

「よかったな！　魔法が戻ってよ！」

頬《ほお》がひきつるのを感じた。縮まった距離がまた伸《の》びた気がした。

だが幸いなことにその顔を見ずに、洋二はすぐに走っていった。

†

「考えてみれば、アキラは五年前もこの島にいたのだから、友達がいてもおかしくないわね」

もうだいぶ人のいなくなった教室の一角で、ノアが言った。

「それにしても私、瀬戸くんのあんな子供みたいな表情初めて見たわ。普段は——その、反抗的《はんこう》というか……こちらの言うことを聞いてくれないというか……私の名前も覚える気はないみたいで、副会長、副会長って——ごめんなさい、これじゃまるで悪口ね」

チラチラと、こちらの反応を気にしているノアに、気にするなと手を振る。

「いいよ、あいつたぶん、生徒会とかそういうのだけで毛嫌《けぎら》いしてんだよ」

「はあ、そんなものかしら」

人数がさらに少なくなった教室の隅《すみ》、夕暮れ間近の黄色い光のなかで、アキラとノアは話していた。

「でも、いいわね、幼なじみって……私、そういう人いないから」

「…………へえ」

別に誰《だれ》かに聞いたわけではなかった。

だがアキラは桜田ノアという少女の情報を、この一時間でいくつか入手していた。だいたい質問攻《ぜ》めにしてきた奴《やつ》らが勝手にペラペラ喋《しゃべ》っていったことだ。

生まれはやっぱり外国で、交換《こうかん》留学生として三年前から日本に来ているそうだ。

「……まあ、こっちは地元じゃないんだから、そりゃ、仕方ないんじゃないか？」

「……ううん、実家にいた頃《ころ》も、従者やお付きの者はいても、対等の友達はいなかったわ……当時はそんなことすら気にしなかったけど……」

こいつ実は結構なお嬢様《じょうさま》なのか？　とぎょっとする。

「いま思えば、凛が初めての友達だったかしら……」

確定。あいつがつきあう相手が偉《えら》くないわけがない。

「それから……少しずつ友達が出来て、班を作って、私たちは仲間になって……それからずっと五人でやってきて……ずっと、ずっと五人で、……やってきたのに……」

そこで、

ノアの声は止まった。

不自然な沈黙《ちんもく》だった。だがアキラはなにかを聞き出す気はなかった。そんな興味はかけらほども持ち合わせていなかった。

それより早くこの時間が終わらないものかと考えていた。今朝の大移動と、この場所の緊張感《きんちょうかん》でなんだかとても疲《つか》れていた。なにも考えたくなかった。

手持ちぶさたで窓の向こうのグラウンドを見る。『ツキン』と金属バットが鳴っている。先輩《せんぱい》が後輩を怒鳴《どな》りつけている。今朝の雨のせいで地面の状態は良くないからか、運動部はあまり多くなかった。

その向こうで、またあの三人を見た。

それはこの学校に来て最初に見た、あの不思議と見覚えのある三人だった。

アキラは既視感《きし》に誘《さそ》われて彼女達を見つめた。三人は呆然《ぼうぜん》とした顔で校門に立ちつくしている。帰宅者や運動部員の迷惑《めいわく》になっている彼女らに、しかし誰も文句を言わずに気まずそうにしているだけだった。警備員でさえそうだった。

突然《とつぜん》に四時のチャイム。夕焼け小焼けが流れはじめる。

幼い頃の記憶《きおく》が一気によみがえる。友人と遊んでいたときの、別れを告げるあの音楽はこの場所から流れていたのかと初めて知った。何年も同じ音源を使い回している生徒の間延びした声が早く帰れと告げている。

四時になりましたー、
用のない生徒はー、
気をつけておうちに帰りましょー。

帰りましょー、帰りましょー、帰りましょー、
山彦《やまびこ》の終わりと共に音楽はとぎれた。

同時にスッと、三人が校舎に向かって頭を下げた。

光るしずくが大地に落ちる。

三人は長い、本当に長い時間、頭を下げていた。

「――アキラ?」

ノアが怪訝《けげん》そうな声を出す。

「なあ」

遮って、アキラは聞いた。

「さっき、校長室に入る前に、三人の生徒と会ったんだ」

まだ、頭を上げない。

「全員女子で、つらそうで、なんだかとてもひどい目にあったような顔をしてた」

言いながら、気づいた。思い出した。

なぜ彼女達に既視感を覚えたのか。

見覚えがあったのは、彼女達個人に対してではない。

彼女達が浮《う》かべる、その表情に覚えがあったのだ。

あれは——、

(……ひでえ顔)

あれは昨日の夜、国立《くにたち》の安アパートの、洗面鏡に映っていた顔だった。

「なあ、あの子達、どうしたんだ？　なにが起きたんだ？」

なにが起きたら、あんな表情をしなければならないというのか？　どんな不幸に見舞《みま》われたらあんなひどい顔つきになるのか？

「……知らないか？」

返事はなかった。

時ばかりが過ぎる。やがてアキラは視線を戻《もど》した。

「知らないなら、いいけどさ……」

「……いいえ、彼女達の事なら、知ってるわ」

短くはない沈黙を挟《はさ》んでから、ノアは言った。

「彼女達は〝魔法喪失者《まほうそうしつ》〟よ」

魔法喪失者。

ああ、

そうか。

アキラは多くの事をいちどきに理解した。

未成年の魔法師はいつも、年間十パーセントの確率で魔法を失うというくじ引きをしている。

彼女達はその、当たりを引いたのだ。

つまりあの三人は魔法を失い、この学校を追い出された人達なのだ。

彼女達はまだ頭を上げず、地面に涙《なみだ》の染みを作っていた。

ひどい皮肉だった。

魔法を得たアキラと、魔法を失った彼女らが、同じ表情をしていた。

ふと、彼女達と話してみたい衝動《しょうどう》に襲《おそ》われる。向こうからしたら魔法を再獲得《かくとく》した自分は視界にも入れたくない相手かも知れない。それは、本音《ほんね》を言えばこっちだってそうだ。外の世界に向かう彼女達が心の底からうらやましい。

それでも、話してみたかった。なぜなら彼女達は、この島に来てから初めて感情移入できた相手だったのだから。

だがその人達はすぐに、頭を上げると、今度こそ校門を離《はな》れて去ってしまった。

なんだか猛烈《もうれつ》に寂《さび》しかった。


「未練ね」


シァアァァアアアと、断頭台の刃が落ちるようにカーテンが引かれて、アキラの目の前から外の景色が消えさった。

ゆっくりと布地を追って、首を右に傾《かたむ》ける。

聞き間違《まちが》いかと思った。

「…………すまん、なんだって？」

「未練がましい人達だと、言ったのよ」

そこには怒《いか》りと軽蔑《けいべつ》をたたえた表情があった。声には不快と侮蔑《ぶべつ》が満ちていた。

「あんな人達のことを、アキラが気にする必要なんかないわ」

その視線が、こちらを見るとふっと緩《ゆる》んだ。さっきまでと同じ、やさしい顔だった。

「所詮《しょせん》、魔法の才能が無かった人達よ。一度失ってなお復活したあなたとは違うわ」

「……おい」

「だから、気にする必要なんてないのよ。あんな人達のことは……」

違和感《いわかん》はあった。

まだ出会って数時間しか経《た》っていないが、今のノアはどこかおかしかった。

だがそんな違和感は、次の瞬間《しゅんかん》消し飛んだ。

「彼女達は脱落者《だつらくしゃ》よ」

脱落者。

その一言はアキラを刺《さ》した。

「そんな人のこと気にしても、仕方ないでしょう」

「……………」

まるで凍《こお》った油を飲んだように胃がねじれた。

目の前の景色がダブる。ノアの姿が別の誰かに重なる。こことどこかが繋《つな》がって、ぐにゃぐにゃしたなにかがクスクスとアキラを指さしている。脱落者、と。

結局、お前は小夜を救えなかった。

それだけならまだしも、諦めた。絶対に諦《あきら》めないと誓《ちか》っていたのに、心が折れた。

安アパートの闇《やみ》の中で、お前はたしかに脱落した。

脱落者。脱落者。脱落者。

「うぷっ……」

「アキラ？　——え？　ど、どうしたの⁉」

おぞましい吐《は》き気を飲み下して、アキラは駆《か》け寄るノアを制した。

「平気……だ……」

「嘘《うそ》！　だって真っ青よ！」

その、本気で心配そうな顔が、アキラには特に不快だった。

「いい、来ないでくれ……」

肩《かた》を押しのけて、廊下《ろうか》へ向かう。それがアキラに出来るギリギリの気遣《きづか》いだった。

「よくないわよ！　どうしたの⁉」

だというのに、ノアは追ってきた。

廊下を早足で歩く。どこか行く当てがあった訳じゃなかった。ただ彼女の前から消えたかった。

「ついて、くるな……」

「どうして!? ……私がなにか気に障《さわ》る事を言った？ それなら謝るから……」

「いいから！ ひとりにしてくれ！」

「そんな顔した人を、ひとりになんかできないわよ！」

ぶちぶちと血管が切れる音がする。

そんな台詞《せりふ》が言えるなら、どうしてそれを、あの三人に言ってやらない！

さらに歩調を早めた、小さなノアが置き去りになる。

「はぁ……はぁ……待って、待ってアキラ……」

これではまるで、アキラがいじめているみたいだった。そしてそれは、事実だった。

なにかが掛《か》け違っているのを感じる、だがもう自分には修正できない。炎《ほのお》に巻かれて糸に引かれて、限界まで突《つ》き進んでしまう。

「アキラ……待って……」

「ついてくるな！」

ああ、なんなんだ、この場所は。なんなんだ、こいつらは、無邪気《むじゃき》で、優《やさ》しくて、残酷《ざんこく》で、気分屋で、子供で、

本当に、本当に。

「アキラ……アキラ……」

ハアハアと、短いコンパスで懸命《けんめい》に後を追っていたノアが息も絶え絶えな声を上げる。アキラの心で敵愾心《てきがいしん》と罪悪感が混ざり合って冷たく固まる。怒りと情けなさの両方が心を焼いている。

「なにが、なにが気に障ったの……お願いだからおしえて……アキラ……」

もう、耐《た》えられなかった。

突如《とつじょ》、アキラは立ち止まった。彼女を傷つけないよう逃《に》げ出した化け物は、限界を超《こ》えるとあっさりノアに牙《きば》を立てた。

「アキラ……」

止まってくれたことがうれしいのか、ノアが日だまりのような笑《え》みを浮かべる。

「何が気に障ったかだって……?」

その笑顔に、アキラは胸にたまった灼熱《しゃくねつ》のヘドロを吐き出した。

「お前ら全部だよ魔法使い‼」

　悪意の本流を真っ正面から受け止めて、ノアが凍った。

「どいつもこいつも！　この島の奴《やつ》は頭おかしいのかよ⁉　なにが再獲得者だ！　人の顔見りゃ『おめでとう』『やったな』って、なんのつもりだ！　決めつけんな！　俺がいつ！　そんなの喜んだ！」

　一度始まった崩壊《ほうかい》は止まらなかった。

「ふざけやがって、自分は特権階級で、魔法のない奴はかわいそうか？　なんで一般《いっぱん》人見下してんだよ！」

　蒼眼《そうがん》が凍る。

「気づけよ！　あっちが普通《ふつう》でこっちが異常なんだよ！　なにありがたがってんだよ！」

　おめでとうと、そう言われる度《たび》に溜《た》まっていった澱《おり》がすべて流れ出した。彼らが親切であれば親切であるほど覚えた嫌悪《けんお》を垂れ流した。

「なにが魔法だ馬鹿馬鹿《ばかばか》しい！　こんなもの……こんなもののために、俺は、俺は……」

　魔法。

　こんなものがなければ、アキラはまだ走り続けられたのだ。小夜を救うために、アメリカに渡《わた》り、オーストラリアに渡り、どこまでだって探しに行けたのだ。

いや、そもそも最初から、こんな力がなければ、特殊《とくしゅ》災害指定生物群に襲われることもなかった。人生がねじ曲がることもなかった。

兄妹《きょうだい》や友人が引き離されることもなく、家族だって……、

「——アキラ」

ノアが言った。アキラはその顔をまともに見られない。初対面の人間に、悪意を全《すべ》てぶつけてしまった。そんな自分が死ぬほど恥《は》ずかしくて、端的《たんてき》に言えば死にたかった。

「……なんだよ」

それなのに、敵意は尽《つ》きずに流れ出した。

まるで自動人形がしゃべるように、ノアが固まった声を出す。

「まさか、と思うけど……そんなこと、あるわけがないと。でもそれでも、確認《かくにん》させて頂《ちょう》戴《だい》。あなたは、まさか——」

その声は震《ふる》えていた。

「——魔法を、嫌《きら》って、いるの？」

最後に残っていた嗜虐心《しぎゃくしん》の燃えかすが、アキラの頬《ほお》をつり上げた。

「ああ、そうだよ——」

別に、魔法自体に思うところはなかった。だが、

「魔法なんて、糞喰《くそく》らえだ」

いまこの瞬間から、そうなった。

「…………」

暴言に等しい言葉をぶつけられて、ノアはしばらくの間、なにも言えなくなっていた。

「なんてこと――」

泣くかと思った。だが違った。

「どうして、そんな、あなたみたいな人が――」

蒼《あお》い瞳《ひとみ》は涙《なみだ》に濡《ぬ》れず、代わりに炎で干上《ひあ》がった。

「――あの子達でなく!!」

パシ！　顔に軽い衝撃《しょうげき》。

「クリシュナ・シヴァ・サクラダ・ノアは、我が魂《たましい》、我が血統の炎に従い――」

ノアが、懐《ふところ》からハンカチを出して投げつけた。

「相馬アキラに、決闘《けっとう》を申し込みます！」

†

「両名、前へ」

時島校の運動施設《しせつ》は二十を数え、またその半数が軍事用の訓練施設だ。

ここ、第四グラウンドもそのひとつ、広々とした大地は丘《おか》ひとつ分もあり、トーチカやちょっとした家屋《かおく》まで設置されていて山村のようにも見える。

その第三ブロックで、アキラとノアは向かい合って立っていた。

周りには野次馬の生徒達がうじゃうじゃいた。

「……まったくやっかいな事をしてくれましたね」

と、ため息をつくのは審判《しんぱん》役を押しつけられた凜だった。

決闘、などというものが時島校で公式に認められることはあり得ないため、訓練ということで申請《しんせい》されていた。

「ノア、私達はこういう面倒《めんどう》事を鎮《しず》める側で、間違《まちが》っても鎮められる側ではなかったと思いますが？」

「それについては謝るわ」

「謝るくらいならやめてもらえませんか？」

「無理よ」

はーっとため息。

「それで？　結局のところ、ノアはこちらの朴念仁《ぼくねんじん》になにを求めているのですか？」

「謝罪を」

びしり、とアキラを指さした。

「彼に、謝罪を求めます。魔法を侮辱《ぶじょく》したこと、正式に謝ってもらうわ」

「そうですか。では兄さん。謝りなさい」

「おう、ごめ……断《ことわ》る」

あまりにさらりと命令されたせいで思わず謝りそうになった。

すると凛は「は？」と無表情で激怒《げきど》するという他人には分かりにくい方法でアキラを見つめた。

「兄さん。私は謝りなさいと言いましたよ？」

もう今すぐ謝りたくなるプレッシャーに何とか耐えて、脂汗《あぶらあせ》を流しながら答える。

「……それでも、謝罪は出来ない」

「……そうですか」

内心はどうか分からないが、凛はいちおう認めてくれた。

「なら好きにしてください。……どうせなにも変わらないのですから」

そこから先はもう興味を無くしたように事務的に進む。

「ルールは北南戦。戦術魔法以上は禁止。ギブアップ有り。風は──」

凛が携帯《けいたい》から177を呼び出して気象データを聞いている。『──台風の影響《えいきょう》により波《は》浪《ろう》注意報が出ています。風は南東から強い風が──』

「──では、兄さんが北東、ノアが南西。──以上でよろしいですね？」

「ええ」

「それでいい」

「では武器を」

「私はこれを」

そう言って差し出されたのはいままでずっと肩《かた》から提《さ》げていた古書だった。

……なにかの冗談《じょうだん》かと思ったらそうではないらしい。ノアも凛も大まじめだった。

「……別にいいですが。承認が必要な技《わざ》は使えませんよ？」

「かまわないわ」

「ではノアはそれで、……兄さんは、教練用から適当に選んでください」

指さされた壁際《かべぎわ》には使い古された道具が多数掛《か》けられていた。

だがアキラはすぐに目線を離《はな》す。

「いや、俺はいい」

ノアがぴくりと眉《まゆ》をひそめた。

「……あなた、どれだけ私を侮辱すれば気が済むわけ？　武器なんか無くても勝てるって言いたいの？」

「そんなんじゃない。ただ単純に、俺は武器を持つと弱くなるだけだ」

「またそんなことを言って……凜！」

最初から信用していないのだろう、ノアは審判に言った。

「兄さん。これは一応、訓練になるのですから、召喚器《マクガフィン》を持たないのは許されません。どれでもいいので、適当に使ってください」

「……なら」

なるべく小さな、短剣型《たんけん》の召喚器《マクガフィン》をとって腰《こし》に提げる。

抜刀《ばっとう》すらしないその態度に、ノアが再び頭に血を上らせている。

「では、ふたりとも——構えて」

三メートルの距離《きょり》を隔《へだ》てて対峙《たいじ》する。角度は夕日ときっかり直交する亥巳《いのししへび》のライン。寅《とら》からの風、決闘を申し込まれたアキラが風上に立つ。今朝の雨のせいで足下《あしもと》は平等に悪い。

凛が右手をまっすぐ空へ向け、

「はじめ」

†

魔法。

人類が突如《とつじょ》さずかったこの力はすべて『あちら』から『こちら』に物を引き寄せるものであり、故《ゆえ》に正しくは『召喚《しょうかん》魔法』と言われた。

喚《よ》べる物質は、その人物が生まれた土地と血筋に依存《いぞん》している。

海辺に生まれた者は水使いとなり、野辺に生まれた者は土使いとなるといった具合である。

故に、魔法戦では相手が何の使い手なのか把握《はあく》することがなによりも大事なことだった。

（……って、いいんだよな？）

子供の喧嘩《けんか》がイコールで魔法戦だったアキラは幼い頃《ころ》を思い出し、開始の合図と共にとりあえずバックステップで距離を取った。この場合、ノアの召喚対象は炎《ほのお》だと分かっているため、その部分に不安はない。

（……んで、どうすんだっけ？）

とはいうものの、やはり五年ぶりのこと、迷いなく動けたのはそこまでで、アキラは次の一手を打ちあぐねてピタリと停止した。

まあ、セオリーではとりあえず中距離戦だ。石でも風でも氷でも、なんでもいいから投げつけ合ってお互《たが》いの獲物《えもの》を把握する。当然ノアもそうするだろう。

そのはずだったのだが、

「来ないの？」

ノアは開始線から一歩も動かず、仁王《におう》立ちしたままアキラを睨《にら》み。

「なら、私から行くわよ」

セオリーなど全《すべ》て無視して、自らの魔法を世界にしめした。

すうっと、空中を指さして意識を凝《こ》らす。するとなにもなかったはずの場所にぽっかりと、三十センチほどの黒い断面が現れて、

「燃えなさい」

突如、黒面から炎の塊《かたまり》が飛び出した。炎は隕石《いんせき》のように光を引いて、闇《やみ》の底へと落ちていく！

「いっ！」

アキラは慌《あわ》てて腰を落とし、転ぶように回避《かいひ》した。

背後の空気が燃やされていく、熱波で皮膚《ひふ》がちりちりと引きつる。

「体術だけでかわすなんて、やるじゃない」

ノアが何か勘違《かんちが》いをして、勝手にアキラを褒《ほ》めている。

「でも今のは挨拶《あいさつ》代わりよ」

その言葉が嘘《うそ》ではないとアキラは知っていた。

なぜなら彼女はまだ、己《おのれ》の武器も使っていなかったのだから。

「本気で行くわ！」

がしゃり！　とノアが肩に提げた本を寄せ木細工のように操作した。表紙の一部を動かされた本は、何をどうされたというのか、背表紙の部分がせり出して、極々《ごくごく》単純な鉄の砲《ほう》身《しん》をさらけ出した。

それは複雑な機構を備えた鉄の砲だったが、同時になんの意味もない代物《しろもの》だった。

なぜなら砲には銃弾《じゅうだん》がなかった。それは車で言えばガソリンが、携帯で言えばバッテリーがない状態に等しい。どれだけ高性能なエンジンがあったとしても、燃料がなければ動きようがない。いわば、その本は複雑なだけのただの文鎮《ぶんちん》だ。

だがそれは、ただの人間が使えばの話。

ノアが本を構える。先端《せんたん》に開く三つの銃口、その一つの薬室が開放される。何もない空《から》の筒《つつ》を向けられて、しかしアキラはひりつくようなプレッシャーを感じていた。

「喰《く》らいなさい！」

そして、魔法は科学的に解き放たれた。

薬室内に突如として火炎《かえん》が出現。閉鎖《へいさ》空間に閉じこめられた炎は爆薬《ばくやく》と全く同じ働きで開放口に集中し、火炎の束となって飛び出した。

ぱんっ！　と撃ち出された火球は小さく、軽く、また、非殺傷であることから威力《いりょく》は無きに等しい。

だがその速度は桁違《けたちが》いだった。

「うおぉ！」

飛行機雲のように火球を引いて、アキラはグラウンドを右に回った。

これこそ、工学が生み出した召喚器《マクガフイン》の力だ。完璧《かんぺき》に計算されたただの鉄筒は魔法の力に指向性を与《あた》え、その力を何倍にも引き上げる。

「さあ捕《つか》まえるわよ！」

魔法と工学、渾然《こんぜん》一体となった力がアキラを襲《おそ》う。

ノアはまるで火元《ひもと》を追う消防士のようにアキラを狙《ねら》った。火炎弾《かえんだん》がノコギリのように空間を削《けず》って退路がどんどん限定されていく。

（こいつ！　完全な遠距離攻撃《こうげき》タイプだ！）

予想はしていたが最悪の相性《あいしょう》だった。もはや腰に提げる小剣《しょうけん》に意味など無い。アキラはノアの懐《ふところ》に入る事すら出来ずにかけずり回る。

「体技ばかりで。いつまでも逃《に》がしはしないわ！」

がしゃん、ノアが再び表紙を滑《すべ》らす。鉄砲部分が切り替《か》わって、六連装のガトリング砲が顔を出す。攻撃が変化する。火球一つ一つのサイズがさらに落ち、代わりに弾速が目にもとまらぬほど高まって撃ち出される。

完全に場を制圧して、しかしノアは決して近づかずに罠《わな》を張る。

「しまっ！」

それは今朝の再現だった。

わざと弾幕を偏《かたよ》らせていると気づいたときにはもう遅《おそ》かった。アキラは今朝の雨でぬかるんだブロックに追い込まれ、必然的な偶然によって足を滑らせた。

演舞《えんぶ》のように本が回る。がしん！　新たに向けられた六十ミリ砲身が口を開くと同時に、成形された火炎弾が三発放たれる。

右、左、後ろに炎の柱。

「さあ、これで――」

残る逃げ道は前だけ、だがそちらには。

炎の、笑《え》み。

「終わりよ!」

アキラは火炎に飲み込まれた。

†

いつの間にか日が暮れかけていた。

炎が消えると、辺りは急に暗くなったようだった。太陽が西の稜線《りょうせん》に掛かっている。対爆耐熱《たいねつ》処理を施《ほどこ》された窓ガラスが溶《と》けたように輝《かがや》いている。

「やられた……」

ふうふぅと息を荒《あら》くしながら、それでも残心を解かずにノアはアキラのいた辺りを見つめていた。そこはいま、粉塵《ふんじん》に覆《おお》われてなにも見えない。

これで勝ったなどとノアは思わない。なぜなら炎はそれだけ弱い召喚物だからだ。

一般人《いっぱん》にとっては脅威《きょうい》となる炎だが、魔法師《まほうし》にとっては見た目ほど大したものではないのだ。なぜなら炎には圧倒的《あっとうてき》に質量が不足している。そのためどんなに高温の炎でも、水や土で体を覆って移動してしまえば効果は薄《うす》れてしまうし、そもそもの特性として炎は酸素を求めて拡散してしまうため、射程も短く風にも弱い。

もちろん、対抗策《たいこうさく》として召喚器《マクガフィン》で指向性を持たせてはいるが……あの程度、並の魔法師なら苦もなく凌《しの》いでのけるだろう。

故に、その目的はあくまでアキラの属性を見極《みきわ》めることにあったのだが。

（魔法を使いすぎた。――いえ、使わされた、と言うべきか……）

ふう、と大きく呼吸して気息を整える。終始圧倒しているように見えたノアだが内心はしてやられた気分だった。こちらは何十回も魔法を使ったのに相手はたった一度だけ。

まあいい、とにかく引きずり出したのだから。

「滅茶苦茶《めちゃくちゃ》するなぁ。ほんと……」

粉塵が晴れる。

「ちょっと、ためらいなさすぎだろ……魔法師って、やっぱ頭おかしいんじゃないか？」

その向こうには無傷のアキラが立っていた。

「あなただって、その魔法師でしょ――」

第二ラウンドの開始を告げるように、ノアは火球を一つ放った。

「――相馬アキラ！」

いままで散々逃げ回っていたアキラが、今度は地に根を張ったように仁王立ち、緊張《きんちょう》に満ちた表情で腕《うで》を突《つ》き出した。その手にはこの期《ご》に及《およ》んでなお、武器はない。

それが悔《くや》しくて、ノアはさらに炎弾を呼び出そうとした、その直後、

轟風《ごうふう》！

まるで空間に穴が開いたかのような大風が吹《ふ》きすさび、直撃を喰らった火球が大量の酸素を供給されて一瞬《いっしゅん》にして燃《も》え尽きた。

続けて三弾。すべて同様に処理される。

（風使い？……いえ）

それにしてはなにか様子がおかしいと勘《かん》が告げている。

ノアはさらに手の内を曝《あば》くために思考を練る。

（ならこっち！）

ぽつぽつと、黄昏《たそがれ》に人魂《ひとだま》が灯《とも》りはじめた。

断続的に炎を撃ち続ける本はそのままに、ノアは周辺十五メートルのあらゆる範囲《はんい》に小さな炎を召喚《しょうかん》し始めた。〝信号《ピン》を打つ〟あるいは〝天狗礫《てんぐつぶて》〟と呼ばれる基本戦術だ。

魔法戦において〝召喚対象〟につぐ重要な要素として〝召喚範囲〟というものがある。自身からどれだけ離《はな》れたところに召喚門を開けるか。それは魔法師の強さを計る重要な指標だ。

召喚対象が一人一人違うように、召喚範囲もまた異なる。ノアのような有効半径三十メートルという者は例外として、その平均距離《きょり》は約五メートルほどだ。その範囲はお互いに干渉《かんしょう》し、境界では召喚に失敗してしまう。これを応用したのが昨今の幼児教育だが、こと戦闘《せんとう》に関しては頭を悩《なや》ますものでしかない。

故《ゆえ》に、魔法戦では自分の召喚範囲がどこまで有効なのかを測るため、こうして小さな物を喚《よ》んで確認《かくにん》するのだが、

（相当狭《せま》いみたいね……）

わーきゃー言いながら逃げ回っているアキラの召喚範囲は平均よりもだいぶ狭く、突然《とつぜん》目の前に現れた炎《ほのお》に驚《おどろ》いて転び掛《か》けたりしている。

「だったら！」

物量で押し包んでやる！

信号《ピン》を閉じ、意識を全て手のなかの本に集中する。最大口径の八十ミリ砲を解放、火炎弾を撃ち込み続ける。

さらに衝突を恐《おそ》れて手を出さなかった前方領域に火山灰を召喚。風に故郷の匂《にお》いが混じる。

通常一種と言われる召喚対象をノアは複数種修《おさ》めていた。炎、土、さらに――、

「もうひとつ！」

右翼《うよく》から土砂、そして左翼からは高温の水が噴《ふ》き出した。打ち身などに効くと、地元で評判の温泉だ。

「熱《あ》つ！　あー！　もー！　こうなりゃとことんやってやる！」

再びアキラが駆《か》け出す。だがその方角は逃げていた先ほどまでと違って向かってくるものだった。颪を纏《まと》って岩と熱湯の嵐《あらし》に飛び込む。

「痛って！」

しかし炎の何百倍も重い岩はシールドをたやすく突《つ》き破ってアキラを打った。さらにお湯が辺りにまき散らされ、足場はますます悪くなる。

「んなろ！」

突如《とつじょ》、アキラの目の前に土砂が現れて盾《たて》となった。

これで二種。颪と土、この島国では割とよくある構成だ。

（？）

だがまだ違和感《いわかん》が募《つの》った。

「そっちも喰らえ！」

さらに、アキラは水球を作り出してこちらに放った。

（水！　これで三種⁉）

自分は四種も喚べるくせに、ノアはその多彩《たさい》さに驚いていた。二種ならまだしも、三種以上喚べる人間はそれだけ少ないのだ。

驚きから反射的にもっとも相性のいい召喚対象――火炎弾を呼び出して投げつける。

「うおおおお！」

だがアキラは走りを止めず、炎に向かって真っ正面から飛び込んできた。

「ば、馬鹿《ばか》！」

ぶつかる！

自分で攻撃しておいて、刹那《せつな》の瞬間、ノアはそう思った。それだけアキラの突撃《とつげき》は無謀《むぼう》に見えた。

だがそのとき奇妙《きみょう》なことが起きた。

ノアが絶対の信頼《しんらい》を置く、炎。

その炎が、アキラを避けた。

（え？）

見間違《みまちが》いではない。ノアの武器、ノアの炎。それが術者の意に逆らって敵を避《よ》けた。いや、それだけでなく、

「お返しだ！」

いたずら小僧《こぞう》の笑みを浮《う》かべて、アキラが空間を引っ掴《つか》む。すると後方に避けていた炎が紐《ひも》でつるされたかのようにグンと回って、

目の前に、

（私の、炎が）

得も言われぬ衝撃《しょうげき》を受けた。まるで自分の手足が意思に反して動くような恐怖感《きょうふかん》。自分の持ち物を盗《ぬす》まれたような不快感。

炎とは、魔法とは、桜田ノアにとってそれほどまでの存在だった。

故に、ノアは次の一手を決定的に打ち間違えた。

「き、きゃあ！」

召喚門が開く。だが恐怖故に位置設定と威力《いりょく》設定が狂《くる》い、門は眼前に出現した。

近すぎる。

「ばっ」

目前まで迫《せま》ったアキラの顔が驚愕《きょうがく》にゆがむ。アキラの放った炎は新たな火炎《かえん》に容易《たやす》く飲まれ、辺りの空気を吸って爆発的《ばくはってき》に成長し、

轟爆。

グラウンドの中央に、海竜《かいりゅう》を一撃で屠《ほふ》った炎が現出した。

それをアキラは呆然《ぼうぜん》と見つめた。

制御《せいぎょ》を離れた魔法はこんどこそ完全にノアを裏切り、その体は炎にくべられた薪《まき》のように、あっけなくのまれる。

一瞬もためらわなかった。

「この馬鹿！」

叫《さけ》んで、アキラもまた、後を追った。

†

ヨーロッパ中央部に位置する活火山シヴァ峰《ほう》。人類史が始まるよりも遥《はる》か昔の太古から炎を噴き続けるその火口は一千度の炎に囲まれる死の世界だ。

それが、いま、ここにあった。

現地から二万キロも離れた第三グラウンドはまさに、地獄《じごく》の蓋《ふた》を開けた有様《ありさま》だった。炎が絶えず巻き上がり、ぬかるみがジュウジュウと音を立てながら消えていく。

「ノア！」

そのなかを、アキラは歩いていた。

新鮮《しんせん》な酸素を求めて炎が即座《そくざ》に襲《おそ》いかかる。だが火炎はある一定の距離でねじ曲げられて、アキラの体を焼くことはなかった。

その距離はきっかり八十六センチ。

平均の二割以下という極小の召喚圏《しょうかんけん》はいま、圧縮空気の渦《うず》にあった。

「〜〜！　ノア！　どこだ！」

火砕流《かさいりゅう》のように流れこんでくる炎を無視して奥へと進む。今はただひたすらに疾《はや》く疾く駆ける。炎に飛び込み、炎を散らし、真紅《しんく》の世界でノアを求める。

まるで火災現場で人を探すようだった。炎自体はともかくとして熱と光は防御《ぼうぎょ》しにくい。

状況《じょうきょう》は期せずしてノアが狙《ねら》った通りの封殺《ふうさつ》となった。

炎が酸素を奪《うば》い続ける。喉《のど》が焼ける。息が苦しい。真空のように酸素が足りない、アキラは底の抜《ぬ》けたひしゃくで水を掬《すく》うようにひゅうひゅうと荒《あら》く息をつき、貴重な空気を大声に変える。

「ノア！」

見つけた。

そこにいたのは炎に包まれた精霊《せいれい》だった。

最初にアキラが放った炎を吹き飛ばしたように、ノアの魔法《まほう》は彼女を救うために次から次へと炎を召喚して周囲に吹き付けその身を守っていた。その姿はまるで飼い主を守るために味方すら寄せ付けない忠犬を思わせた。

ノアは、気絶しているものの、無事だった。

「……まったく」

酸素の足りない脳をフルに回転させて、アキラは炎を吐き出す召喚門に自分の門をぶつけて散らした。門が閉じると同時に、すでに空間の酸素を食い尽くしていた炎は一瞬で消えた。

それがアキラの敗因となった。

魔法で身を守るか、せめて屈《かが》んでいればよかったのだが、全《すべ》てが終わったと思い込んだアキラはそのときただ、突っ立っていた。

ぐにゃりと、空気が押しつぶされたように歪《ゆが》み、風が吹き始めた。

（やれやれ……）

　そして、急激な気圧変化がアキラの内耳《ないじ》と呼吸器を襲った。

（……あれ？）

　いきなり力が入らなくなり、体がぱたりと大地に倒《たお》れた。

　召喚による加圧と、消火による急激な減圧が三半規管を直撃し、もともと酸素不足に陥《おちい》っていた脳が意識を保てなくなっていた。

　抗《あらが》うという意識そのものを刈《か》り取られ、もはやアキラは何も出来ずに瞳《ひとみ》に映るノアを見ていた。ブラックアウトを起こしかけている視界のなかで、ノアが「ん……」と目を覚ましかけていた。彼女のほうが倒れていた分だけ気圧変化が少なかった。

よかった。と、失われいく意識のなかで、アキラは最後にそんなことを考えていた。

「勝者！　桜田ノア！」

　目を覚ましたノアが最初に知覚したのは倒れ伏《ふ》すアキラと自らの勝利だった。

第三章　ウサギのバイク

チュンチュンと小鳥が鳴き、朝日がカーテンの隙間《すきま》から漏《も》れていた。

「兄さん、兄さん起きてください。兄さん。遅刻《ちこく》してしまいますよ」

「…………………………お？」

目が覚めると、凜《りん》が肩《かた》を揺《ゆ》すっていた。

「やっと起きましたか」

「……あれ？　凜？」

一瞬《いっしゅん》なぜ自分がこんな知らない場所で寝《ね》ているのか分からなかった。それどころかなぜ五年前に別れた妹が目の前にいるのかも分からない。

「寝ぼけないでください。兄さん。ここは寮《りょう》です」

「寮……」

少しずつ、思い出す。

魔法が復活して、時島《ときしま》に来て……それから、

「起きましたね？」

いきなりのアップ。紺色《こんいろ》の瞳がじぃっと覗《のぞ》く。

「お、おう」

「では、私の役目は終了《しゅうりょう》です。せいぜい遅刻しないでくださいね。それでは」

足下《あしもと》の鞄《かばん》を拾い上げ、凛はスカートを翻《ひるがえ》してドアを開き、

「そうそうこれを言い忘れてました。兄さん」

絶対に忘れてなんかいなかったはずの台詞《せりふ》を吐《は》いた。

「決闘《けっとう》の結果を、兄さんは覚えていますか？」

「……いや」

「あなたは私の期待を裏切りました」

言葉とは裏腹にその顔にはなぜかとても嬉《うれ》しそうな笑《え》みが浮かび。

「やーい」

「…………」

アキラは無言で枕《まくら》を投げた。

クスクスと、密《ひそ》かな笑いを残して凛は去った。

「……くそ」

悪態を吐《つ》いて、それでもすぐにアキラは起きた。カーテンを開け、間抜《まぬ》けな感じで枕を回収してベッドに戻《もど》す。

そして壁《かべ》に掛《か》けられたそれを発見して、ため息をつく。

そこには時島校の真新しい制服が掛けられていた。

†

白鷺荘《しらさぎそう》。というらしい。

玄関《げんかん》に掛けられた看板を見つけて、アキラはこの寮の正式な名前を知った。

最初から寮として作られたわけではないのだろう。白鷺荘は歴史を感じさせる古びた洋館で、住んでいる生徒も少なそうだ。

立地ははっきり言って悪い。港町から離《はな》れた学校の、さらに奥の高台にあった。おかげで山から海までの町の景色が楽しめた。

「さて」

とはいえ、あまり楽しんでいる場合でもないのだが。

「……凜のやつめ、起こすだけ起こして消えちまいやがって」

アキラは途方《とほう》に暮れていた。というのも制服に着替《きが》えて部屋を出ると、すでに寮内に生徒の姿はなく、もぬけの殻《から》だったのだ。

生徒手帳やネットを使って調べたところ、この寮から学校へはバスで行くらしい。と、同時に最終バスが数分前に出ていることも知る。

どう考えても、もはや遅刻はまぬがれないだろう。

それでもアキラは諦《あきら》めずに、駐輪場《ちゆうりんじよう》へと足を運んだ。寮生用の自転車か何か、余ったものがあったら借りられるかも知れないと思ったのだ。

駐輪場には確かに余った自転車があった。だがそれらはやはり余るだけの理由を持ったもの達で、パンクや空気漏れは当たり前、なかにはエンジンのない原付や真っ二つに折れたロードバイクまであった。

「どれもポンコツばっかりだな……ん？」

そのなかの一台に、アキラは目を引かれた、最初は他《ほか》とおなじジャンク品だと思ったが、そのスクーターは、どこかおかしかった。

青のラビットＳＡ３０１。

そのスクーターはガソリンタンクが抜け落ちているという、見るからに役に立たない代《しろ》物《もの》だった。だが不思議なことに、なぜか塗装《とそう》はぴかぴかで、良く整備されているように見える。アキラはいぶかしみながらも、そのバイクをもっとよく見ようとかがみ込む。

その時だった。

「どうしてあなたがここにいるのよ!?」

聞き覚えのある声が響《ひび》いた。

†

振《ふ》り返ると想像通りの人物がいた。

「ど、どうしてあなたがここに……」

昨日と同じ格好で、本を提《さ》げたノアが驚愕《きょうがく》に目を見開いていた。

「……俺がここにいちゃいけないのかよ……」

朝っぱらから喧嘩《けんか》を売られて、アキラは胡乱《うろん》な空気を醸《かも》し出す。

「あたりまえよ！　バスは五分も前に出ちゃったのよ!?」

「だからなんだって――ん？」

なにやら微妙《びみょう》な行き違《ちが》いを感じて、ひとまず黙《だま》る。するとノアは頭を抱《かか》えて、

「ああ、このままじゃ遅刻じゃない！　凜はどうしたの!?」

「あいつなら朝起こしにきてそれっきりだぞ」

思えばあのタイミングがバスに間に合う最後の時間だったのだろう。

「そ、そんな！」

こちらがビックリしてしまうくらい、ノアは驚《おどろ》いていた。

「たしかに『起こして欲しい』って頼《たの》んだけど、それは単純にそういう意味じゃなくて、世話係《チューター》を代わって欲しいってことで、ああもう……」

「ああ、なるほど、そういうことか……」

このあたりで、アキラもだんだんと事情が飲み込めてきた。

つまり、アキラがノアに会いたくなかったように、ノアもアキラに会いたくなかったのだ。だから世話係《チューター》を代わって欲しくて、凛に『起こして欲しい』と頼んだのだろう。だがあの妹は頼みを言葉通りに受け取って、アキラを起こしただけで去っていったのだ。

脳裏《のうり》で凛が悪魔《あくま》の尻尾《しっぽ》をはやしてクスクスと笑っていた。あの妹が言葉の裏を読めないなんてあり得ない。この状況《じょうきょう》は奴《やつ》の企《たくら》みだ。

「……仕方ないわね」

言って、ノアが駐輪場に入り、なかから例のガラクタを引っ張り出してきた。

「――ん」

そして軽く集中する。すると燃料がないはずのバイクがドルルンと震《ふる》え出した。

ドルンドルンドルンドルン。

エンジンが力強く脈打ち続ける。

アキラは驚きながらも、知識と記憶《きおく》からなんとか目の前の現象を理解した。

「これも……召喚器《マクガフィン》なのか」

いま、目の前にあるラビットSA301は、先日ノアが使っていた本と同じ、魔法《まほう》の存在を前提とした工学の道具だった。

正規のバイクからガソリンタンクとエンジンを取っ払《ぱら》い、単純かつ耐久性《たいきゅうせい》の高いエンジンに交換《こうかん》した改造品。その新しいエンジンは完全に魔法に依存《いぞん》した構造で、チェンバー内に召喚《しょうかん》された炎《ほのお》によって疑似爆発《ぎじばくはつ》を起こして推進力にする仕組みだった。

「さ、乗って」

ノアがメットを被《かぶ》ってシートに座る。ドルッドルッドルッと響くエンジン音の中で、アキラは自分、ノア、バイクの順に指で差した。

「え？　俺も？」

「ええ」

喧嘩を売っているのかというくらい高圧的な態度でノアが言う。気まずいのを勢いで誤《ご》魔化《まか》す気のようだ。

「はやくして」

「……いや、その前に予備のメットとかないのか？」

指摘《してき》するとノアは「はっ！」とした顔で、慌《あわ》ててバイクの収納を漁《あさ》った。タンクがないおかげで収納が広いラビットにはきちんと予備のメットが入っていた。

少しサイズが小さいハーフメットをしっかり締《し》めて、アキラもまた、おずおずとリアシートにまたがり、尻《しり》の後ろにあるグラブバーを両手で握《にぎ》った。ノアにはさわりもしない箱乗りだ。

「…………」

言おうか言わないか、ものすごく迷っている顔だった。

「なんだよ」

「……そんな不良みたいな乗り方、やめて」

正しい二人乗りの仕方は同乗者が運転手の腰《こし》にしがみつくというなかなか気恥《きは》ずかしいものだったが、そこはノアも譲《ゆず》れないようで、ますます不機嫌《ふきげん》になりながら言った。

「じゃあ。失礼して……」

「言っとくけど、変なとこさわったら殺すわよ」

殺されたくはなかったので、アキラは「銃《じゅう》を捨てろ！」と言われた敵役みたいな動きでノアの腰に腕《うで》を回した。

……細っ！

ドルンドルンドルン！　とひときわ強くエンジンが鳴った。

アキラは腕の中の華奢《きゃしゃ》な体と、凶悪《きょうあく》なまでのバイクの力強さに少し不安になった。

「……なあ、今更《いまさら》だけど、免許《めんきょ》もってるよな？」

「もちろん」

びし、っと警察手帳みたいに免許証が突《つ》き出される。そこには目の前にあるのと全く同じドヤ顔があった。

「すげぇ、普通《ふつう》二種まである」

「私、取れる資格は全部取るつもりだから」

それにしても早い。

「もっとも、召喚器《マクガフィン》の運転に関して国交省の免許は必要ないけどね」

「そうなのか？」

「ええ、この島はすべて共有地で国交省は管理してないから。……安心した？」

「まあ、捕《つか》まる心配はなくなったけど……」

問題はどちらかと言うと実質的な運転技術にあるのだが……。

ドゥルンドゥルン！　とエンジンがさらにうなりを上げる。どう考えても噴《ふ》かしすぎだと思うのだが、緊張《きんちょう》した面持《おもも》ちのノアはまったく気づいていない様子で、

「じゃ、そろそろ行くわよ！」

と宣言するといきなりクラッチを繋《つな》いだ。

エンストはしなかった。おかげでさらに悪い結果になった。

「へ？」

「うわぁ！」

ブオォン！　と、突如《とつじょ》やる気を出した後輪が砂利《じゃり》を巻き上げ前進する。前輪が跳《は》ねる、車体が滑《すべ》る。バイクは暴れ馬のようにウィリーしてノアとアキラを振り落とした。

後部で多少警戒《けいかい》していたアキラはいい、さっと飛び降りて事なきを得た。だがまったく無警戒だったノアがまずい。彼女はバラエティ番組に出てくるお笑い芸人みたいな動きですぽーんと大空に飛び上がった。

きょとん、と何が起きたのかまったく分かっていない様子の瞳《ひとみ》と眼《め》があった。

それも逆さまに。

「この！　まにあえぇぇぇぇ‼」

瞬間《しゅんかん》、物理的におかしな現象が起きた。

アキラの足下《あしもと》で地面がはぜる。同時に周囲八十六センチの空気が形を変えてその身を打ち出し、すんでのところでノアの下へと滑り込ませた。

「きゃあ！」

「ぐはっ！」

少女とはいえ人一人分の体重を腹で受け止めて、アキラは一人静かに悶絶《もんぜつ》する。

「お、おまえなぁ………」

呼びかける、だが呆然《ぼうぜん》と頭を起こしたノアは、間に合うはずのないものが間に合った奇《き》跡《せき》をぽかんと見つめて。

「……念力使《サイキック》い……」

とつぶやいた。

念力使《サイキック》い。それがアキラのもつ召喚形態の名だった。

通常、召喚魔法は「あちら」から「こちら」へと物質を移動する技《わざ》であり、両区域は明確に区別され、分けられている。

だが、なかには両者が一致《いっち》している人間がいた。

そうした人間は呼び出す「元」と「先」が一致しているため、範囲《はんい》内にあるものなら何でも呼び出し、強度に応じて動かすことが出来た。その様が過去に存在した超能力《ちようのうりよく》の一形態に酷似《こくじ》していたため、念力使い《サイキック》と呼ばれている。

アキラもまた典型的な念力使い《サイキック》だ。その有効範囲は総じて狭《せま》く、だが強い。——たとえノアほどの使い手が放った炎でも、完全に掌握《しょうあく》されてしまうほどに……。

「そう……やっぱりそれしかないわよね……種《たね》を明かせば簡単な事だわ……」

「それはいいから早くどいてくれ！」

「え？　……きゃあ！」

さっきからずっとアキラに跨《また》がっていたノアが慌てて立ち上がった。

「な、なにすんのよ！」

「そりゃこっちの台詞《せりふ》だ。……っていうか助けてもらって礼もなしかよ！」

「そ、それは——……ありがとう……」

ただの嫌《いや》みのつもりだったのに、思いの外《ほか》あっさりと礼を言われてアキラの方が調子を崩《くず》す。

「……まあ、それはいいや……つか、なんでいきなりクラッチ繋いだんだよ……」

「え？」

「バイクだよバイク」

急に頭の回転が悪くなったように、ノアは二秒ほど固まった、

「で、でも、前はあれで大丈夫《だいじょうぶ》だったのに……」

「それは噴かしてなかったからだろ。——って言うか、そもそもなんであんなにエンジン噴かしたんだよ」

聞くが、そもそもノアには噴かすという概念《がいねん》が分からないらしく『？ ？ ？』と頭の上にはてなマークを浮《う》かべながらしょんぼりと肩《かた》を落とし、

「……また、やっちゃった……」

と、とても不吉《ふきつ》な台詞をつぶやいた。

また？

「……おい、お前、普段からこのバイクちゃんと乗ってるのか？」

「ううん、正直、苦手だから普段はバスに……」

「だったらなんでわざわざ……ああ、そうか」

つまり、今日は自分と一緒《いっしょ》になるのが嫌だったからバイクにしたと。

「……分かった、了解《りょうかい》」

言って、アキラはラビットを引き起こす。幸い破損はなかった。

ミラーを直してシートに座る。

「うしろ、乗れよ」

「え、でもあなたじゃ……」

たしかにアキラではエンジンを回せない。だが、

「運転だけ俺がやるから。そっちはエンジンと道案内を頼《たの》む」

「……あ！　なるほど……」

ぱあぁと見るからに顔を明るくして、ノアはあっさりとタンデムシートに収まった。どうやらよっぽど運転が嫌らしい。

背中にそっと、小さな重み、おずおずと回される腕の圧力。

それを、半ば意識的に無視して、アキラは硬い声を出す。

「最初はなるべく低出力で頼むな」

「え、ええ。分かったわ」

トルルン、エンジンが再び動き出す。

「行くぞ」

ハンドルを回してクラッチを繋ぐ。エンジンの動きがベルトを伝ってタイヤを回し、今までの苦労がなんだったのかと思うくらいあっさりと、二人を前へ運んでいく。

タタタンと、軽快な音を立ててラビットＳＡ３０１が走る。門を越《こ》え、砂利道を越え、

何年も整備されていないであろう傷《いた》んだアスファルトを慎重《しんちょう》に下る。木々が枝葉を伸《の》ばしトンネルのようになっていた。顔に落ちる木の影《かげ》が高速で過ぎ去る。まるで息を止めて潜《もぐ》っているような並木道。

いきなり海。

ぷはっと、我知らず息が弾《はじ》けた。道が一気に広くなり、視界が開けて港町から海までが一つの視界に収まった。

船で見た景色を逆から見ていた。急に速度がおそくなったような気さえする。スケールの大きな風景画。

「わぁ」

後ろでノアの声がはじける。

「いつもバスで見ているはずなのに……全然違《ちが》う景色みたい！」

胸を打つような笑顔《えがお》だった。さっき喧嘩《けんか》していたのが嘘《うそ》のように、ノアは無邪気《むじゃき》に笑って同意を求めた。と、思ったらその相手と喧嘩していたのを思い出したのか、すぐにぷいっとそっぽを向いた。

なんだろうなぁ、とアキラは苦く笑った。

ノアを見ていると、自分がひどく矮小《わいしょう》でねじ曲がった人間に思えた。過去を見つめてふて腐《くさ》れて、そこから抜《ぬ》け出せないひねた奴《やつ》。そういった認めたくない部分が燻《いぶ》し出されるように感じた。

それは別に、桜田《さくらだ》ノアが正しくて、相馬《そうま》アキラが悪いからではない。

魔法師《まほうし》の価値観は理解できないし、いきなり決闘《けっとう》をふっかける精神はどうかと思う。

（ただ、そういうことではなくて……）

クラッチを握《にぎ》り、ギアを上げる。

たぶん、人間として、ノアは正しく、今のアキラは間違っている。

そう、感じる。

「そういえばさ」

だが、
それが分かったところで、曲がった心が元に戻《もど》るわけではなかった。

「昨日の決闘、俺、負けたんだよな」

背中で息をのむ気配。

心の中で薄汚《うすぎたな》い自分がニタニタと笑う。あの輝《かがや》くものを引きずり下ろせと指を差す。

「だったら、謝らないといけないよな」

決闘をふっかけたことは、徹頭徹尾《てっとうてつび》ノアの間違いだとアキラは確信している。なぜなら勝って、相手に謝罪させたとして。そいつは心を入れ替《か》えたりしないからだ。

むしろ謝罪を強要されることで、もう二度と改心する事はなくなってしまう。

だから、アキラは謝りたかった。謝ってしまえば自分は正しく、ノアは間違えたまま固定され、ずっとそこにいることができる。

「昨日、魔法なんか糞喰《くそく》らえだって、言ったこと――」

心の隅《すみ》で、誰《だれ》かが『止《や》めろ』と言っていた。

誰の声かは分からなかったが、きっとそれを良心と呼ぶのだと思った。

だが、アキラは声を裏切り、

「あれ、正式に謝罪して――」

「待って」

タタタタ――、ラビットがカーブを抜けていく。

背中に固いヘルメットの感触《かんしょく》。ノアは、アキラの背後から、懸命《けんめい》になにかを考え、伝えようとしていた。

「少しだけ、待って……」

アキラは待った。やがてノアは語り出した。

「……あれは、そもそも私の勝利ではなかったわ。もちろん、いまでもあなたの言ったことを正しいとは思わないし。決闘をしてまで、守る名誉《めいよ》だと思っている……」

でも、とノアは言葉を繋《つな》ぐ。

「――でも、ここであなたが謝るのは、なにかが違う気がするの……」

ああ。

良心の声が聞こえる。

正しい言葉が、正しい声でつづられて、間違った自分に届いている。

「だから、いまはあなたの謝罪を聞けないわ」

「……分かった」

だがその正しさが、暖かさこそがアキラを焼いた。暗い心がうめき声を上げた。

それでも、今度は素直《すなお》に言うことができた。

「…………ありがとう」

「……ううん」

会話はそこで終わった。

「……もう少し出力あげてくれ、ゆっくりな」

ギアをトップへもっていく。加速は快調、このバイクのエンジンは強力で、扱《あつか》いを間違うと危険なものだったが、きちんと型にはまれば、それはすばらしい力になった。

バイクは二人を乗せて学校へと走っていった。

†

さて、ノアはともかくアキラなら気づいてもよかったこの「二人乗り登校」が、昨日から学校を駆《か》け回っている噂《うわさ》に新たな一面を加えたのは言うまでもないことだった。

現在アキラは「元ヤン」で「死刑囚《しけいしゅう》」で「副会長にセクハラ」しようとして「決闘」で「コテンパンにされて下僕《しもべ》になった転校生」。という摩訶《まか》不思議な生命体にクラスチェンジしていた。

それを凜から知ったとき（わざわざメールで送ってきた）アキラは砂のように崩れ落ちたという。

昼休み。

「ほれアキラ、買ってきてやったぞ」

第三講義室の中程《なかほど》で、アキラは各種パンフレットと本に目を通しながら、一枚のプリントにペンを走らせていた。

「さっきからなに書いてんだ？」

それをひょいっと、瀬戸《せと》洋二《ようじ》が一つしか無い瞳《ひとみ》でのぞき込んだ。

「単位計画書」

一時手を止めて、買ってきてもらった購買《こうばい》部の缶《かん》コーヒーを飲みながらアキラは言った。

時島校はその特性により完全単位制を採用している学校だが、同時に退学を前提とした魔法学校でもある。そのため授業には多くの必須《ひっす》科目が用意されていた。

具体的には午前の授業に当てられる五教科がそうだ。

だがそれ以外の科目は自分で選ばなければならない。

「ふーん、そりゃ大変だな。……あ、お前ここ間に合わねーぞ」

「ん？　でも時間割では――」

「講義室のあるキャンパスが離《はな》れてんだよ。虎《とら》町と六番町じゃ歩いて三十分は掛《か》かるぞ」

「……なるほど。サンキュ……」

ありがたい指摘《してき》だが、同時にもうちょっと早く言って欲しかった。

そう思ってると顔に出ていたのか、

「つかお前それ、他《ほか》に手伝ってくれるやついないのか？」

「……ノアがしてくれるはずだったんだけど……」

「……あいつか」

アキラが言うと、たちまち洋二は顔をしかめた。

「あんなのほっとけよ。なんだったら俺や凛も見てやるぜ」

とばしばし背中を叩《たた》かれるが全く信用できなかった。凛は自分に役立つ単位を取らせようとするし、洋二にしたって、

「そうだな、とりあえず偏《かたよ》ってるから。もう少し他のも取れよ」

ノアと同じ事しか言わない。

「……そうかもな」

だがそんなことを言っても機嫌《きげん》を悪くするだけなので、アキラは適当に頷《うなず》くだけだった。

「っと、そろそろ時間か。んじゃ、俺はもう行くぞ」

「おう、がんばれ」

ひらひらと手を振《ふ》って友人を見送ると、教室にはアキラ一人だけになった。

さらさらと、ペンが紙面をなぞる音だけが響《ひび》く。

他の人間が授業を受けている中で、自分だけが別のことをしているというのが妙《みょう》な気分だった。アキラはそのうしろめたさから逃《のが》れるよう、すさまじいスピードで予定を埋《う》めて

いった。

単位計画書。それはつまり、未来予定図だ。

なりたい自分になるために、必要なパーツを集めていくための計画書。

たとえば洋二は進学のために語学と歴史、それに体育を重点的に選択《せんたく》している。凛は家
乗っ取りのためか、ほぼあらゆる単位を取ろうとしている。

では、アキラはどうか？

この時点での、相馬アキラの未来はどう、埋まっているのか？

それは……、

「うーん、ちょっと偏ってるねぇ」

突然《とつぜん》、頭上から声が掛かった。

「やあ、アキラくん。調子はどうだい？」

「……えっと」

頭を上げると、そこに見覚えのある教師がいた。

「竹井《たけい》……先生？」

「うん、僕だよ。違う誰かにでも見えたかい？」

端的《たんてき》に言えば、その通りだ。アキラは最初、彼を船で見た人物とは違うと思った。ジャ

ンキーのような虚弱感《きょじゃくかん》が消え、高そうなスーツを着ていても負けるところがまるでない。

その所作にはエネルギーが満ちていた。これなら女子も放《ほう》っておかないだろう。

「それ、見てもいいかい？」

「え、ええ」

ふわりと、体操選手のように机に腰掛《こしか》けると、竹井は礼を言ってプリントを取り上げ目を通し始めた。

「うん、いいね、これならこのまま提出できるよ」

「じゃあ判子お願いします」

「お、即断即決《そくだんそっけつ》とは男らしいね。でもどうせならもう少し悩《なや》んでみてはどうかな。この計画書はたしかに大丈夫《だいじょうぶ》だけれども、流石《さすが》にちょっと——」

とんとん、と用紙に書かれた授業枠《わく》のひとつを叩く。他の基礎《きそ》講座や資格講座とちがって、そこは殆《ほとん》どチェックされないままだった。

「魔法関連の授業が、少なすぎるかな」

困ったように、竹井は笑った。

それはノアや、洋二が指摘したポイントと同じだった。

「……最低限必要な単位は取っているはずです」

「まあ、その通りだけどね」

端整《たんせい》な顔が複雑にゆがむ。さてどう話そうか、と迷っている風だった。

「……どうせ必要なくなる知識です。だったら最小限でも構わないでしょう？」

「なるほど、君は『魔法を失うこと』を前提に考えているんだね」

パチンと指を鳴らして足を組む。一つ一つの仕草がやたら決まっていた。

「僕達指導教員は普通《ふつう》、生徒の単位計画を見るときには『——君達は魔法を失って転校するかもしれない、ということを常に頭において計画を立てなさい』と指導するものなんだよ。殆どの生徒はやたらと魔法関連の授業を取りたがるものだからね」

皮肉気な流し目、無駄《むだ》に色気があふれている。

「……まるでそうやって一心に努力すれば、魔法を失わなくてすむと、信仰《しんこう》しているように、ね。でも君は逆みたいだ」

ふっと遠くを見る目を一瞬《いっしゅん》して、

「アキラくんは、いま十六になったばかりかな？」

「……ええ」

「『魔法師は年間十数パーセントの確率でその力を失う』これは知ってるよね？　……そしてこの法則が、二十歳《はたち》までしか当てはまらないことも……」

……はい。とアキラは答えた。

九十六・四パーセントの人間が脱落《だつらく》する中で、わずか三・六パーセントしか残らない本物の魔法使い。

その確率を超《こ》えて二十歳を越えると、それまで十パーセント前後だった喪失率《そうしつ》ががくんと下がり、その人物は一生涯《いっしょうがい》をほぼ、魔法師として過ごすことになる。

「君が今から二十歳までに魔法を失う確率はざっと五割だ」

五割。

キャンディーボックスの話を思い出す。箱に半分入ったキャンディーを見て「もう半分しかない」と思うか「まだ半分ある」と思うか。

「これはなかなか大きな数字だ。十分に可能性はある」

がさごそと、竹井はポケットからクッキーの袋《ふくろ》を取り出してカリカリと齧《かじ》り、食べる？とすすめてきた。じゃあ、とアキラは手を伸《の》ばす。

「だがこの逆、君がこのさきずっと魔法使いでいる確率もまた五割」

取り出したのはプレーンな白いクッキーだった。

そのときキーンコーンカーンコーンとチャイムが鳴って、午後の授業が終わった。

「選んだ授業には明日《あした》から出ていいよ。日付の方はすこしくらいなら僕の方で誤魔化《ごまか》せるからね、だからもう少しだけ、悩んでみないかい？」

そう言って、竹井は書類を突《つ》き返した。

ガリッと、アキラはバニラの香《かお》りを噛《か》みつぶして、書類を取ってきびすを返した。

「……失礼します」

判子をくれないならもう用はない。荷物を鞄《かばん》に突っ込んで肩《かた》に担《かつ》ぐ。

「あ、ちょっと待った、まだ帰らないで」

アキラを呼び止めて、竹井は胸ポケットからハンディマイクを取り出して咳払《せきばら》いをした。

すると『ゴホン』と、それがそのまま廊下《ろうか》のスピーカーから流れ出す。

「一年C組の桜田ノアさん。一年C組の桜田ノアさん。授業が終わり次第《しだい》、第三講義室まで来てください。繰《く》り返します――」

放送を終えて竹井はちょいちょいとアキラを呼び、懐《ふところ》から一枚の紙を取り出して見せた。

始末書。

『相馬アキラ、桜田ノアの両名は決闘権《けっとうけん》を乱用した罪により、一週間の奉仕《ほうし》活動に従事するよう申し渡《わた》す』

「つまり、こういう事です」

ニコリと、竹井は人を喰《く》った笑《え》みを浮《う》かべる。

「とりあえず、二人には校舎裏の掃除《そうじ》をお願いします」

†

「……なんでこんなことに」

ざっざと、適当にそこいらを掃《は》きながら、アキラは小さくため息をついた。

時島校でほそぼそと生き延びている決闘権だが、運営側は決していいものとは思っておらず、採用のさいには必ず、その運用に問題があったとして「乱用」の評定を下すのが慣例となっていた。その評定は喧嘩両成敗《けんかりょうせいばい》の名の下《もと》に勝者であろうと敗者であろうと受けなければならない。……もちろんアキラは知らなかったが。

かったるくて箒《ほうき》に体重を預けてノアを見ると、ずいぶん真面目《まじめ》に作業していた。軍手とトングを装備して、ゴミを拾ってはぽいぽいと袋に放り込んでいく。適当にこなしているアキラとは違《ちが》い、その姿はむしろなんだか張り切っていて「丁度このあたりの汚《よご》れが気になっていたのよね」くらいは考えていそうだった。

せめて向こうもふて腐《くさ》れていてくれたらよかったのに……。その姿にアキラは逃《に》げ場をふさがれた思いでため息をつき、仕方なく気合いを入れなおす。

†

結局二時間ほど掛《か》かってしまった。

ポリ袋三個分ほどのゴミを回収して、二人は収集所に運んだ。そのあいだ会話は一つもなかった。

道具を戻《もど》し、ぱんぱんと手を払《はら》うと、仕事は全《すべ》て終了《しゅうりょう》した。

「報告はしなくていいそうです」

ガチャンと、収集所の扉《とびら》を閉めてノアが言った。

「……じゃあ帰るか」

「ええ」

とノアが返事をした。

アキラはバス、ノアはバイク。

必然的に、ここで別れることになる。

ところが、校舎をまわっても、駐輪場《ちゆうりんじよう》を過ぎてもノアはアキラについてきた。

さよならを言うタイミングを外され続けて、それでも正門までは我慢《がまん》した。

「……おい」

夕暮れの中でアキラは言う。

「なに?」

「バイクはどうしたんだよ……」

登校時の二人乗りはあくまで緊急措置《きんきゅうそち》であり、帰りは当然別になると思っていた。ところがノアは駐輪場を無視してバス停へと向かっていた。

自分と一緒《いっしょ》に帰りたいからだ。などという馬鹿《ばか》げた勘違《かんちが》いをアキラはしない。

「……もしかしてお前、運転こわいのか?」

「そ、そんなことあるわけないじゃない! 私は炎《ほのお》を統《す》べる竜《りゅう》の末裔《まつえい》よ! あんなラッタごとき、恐《おそ》れる。わけが——」

「じゃあ乗って帰れよ」

「ごめん嘘《うそ》。怖ぃ……」

早っ! そして弱っ!

ノアはしょんぼりと告白する。

「三千度の炎とか、溶《と》けたマグマとかは全然平気だけど……なんかあの、変なとこ押すと爆発《ばくはつ》とかしそうな感じが駄目《だめ》なのよね……」

「いや、爆発なんてしないし、炎とかマグマのほうがよっぽど怖いと思うんだが……」

魔法使い独特の考え方に、アキラはハァとため息をつく。

「じゃあ、あのバイクどうするんだ？　置きっぱなしにするわけにもいかないだろ」

「……今日は、とりあえず置かせて貰《もら》って、時間が空いたときに押して帰るわ」

「押してって……ここから寮《りょう》まで？」

ええ。と当然のような肯定《こうてい》。徒歩で四十分の坂道をバイクを押して行くのだと言う。

無茶だ、とは思う。思うが、だが無理だとは思わなかった。ノアなら、こいつなら、どれだけ疲《つか》れても、無理をしても、やり遂《と》げるだろう。そう思った。

は——っと、アキラは長いため息をついて、きびすを返す。

「行こうぜ」

「え？　アキラ、どこへ——」

駐輪場へと、足を向ける。照れか、見栄か、心なしか早足になる。

「——あ」

タタタと小さな足を駆《か》って、ノアが追いつく。そのまま早足で夕日の中を歩く。

「……ありがと……」

長い影《かげ》を負った背に、その言葉が届いた。

別に、となぜか少し不機嫌《ふきげん》になってアキラは答える。ノアが慣れないバイクを引っ張り出したのは、元はといえば自分のせいでもあった。

いや、今はもう誰《だれ》のせいとかはいい。

「バス代を節約したいだけだ」

「お金、ないの？」

「笑えるほどに」

結構な額の貯金をしていたが、それは高校入学時にあらかた吹《ふ》き飛び、残った金銭も護送時の細々とした買い物でなくなっていた。就学支援《しえん》金が振《ふ》り込まれる月末までどうやって過ごせばいいのかちょっと想像もつかない。

「あ！　いいことを思いついたわ！　だったら明日も一緒に来れば良いのよ！」

ぱあっと、「わたし天才！」みたいな表情でノアが言う。アキラはげんなりと顔をしかめる。ノアは、生徒会副会長とかやるくらいだから優秀《ゆうしゅう》なのだろうけれど、先を見ることに関しては野生動物なみに視野が狭《せま》く。いい思いつきだと思ったら感情とか事情とか全部忘れてすぐに口に出してしまう。

「…………明日も、その……」

もっとも、すぐに気づくのだけど。

様々な事がブレーキになって、ノアの言葉を凍《こお》り付かせた。

「…………」

「…………」

駐輪場についた。バイクを出してメットをつけ、無言のまま前後にまたがる。

「エンジンの方たのむ。――しっかり摑《つか》まってろよ」

「……ええ」

きゅっと、朝よりは遠慮《えんりょ》のない腕《うで》の感触《かんしょく》。パタタンと軽快にまわるエンジンのうねり。

トルン。魔法《まほう》の力を速度に変えて、二人は夕日の中を駆けていった。

†

日が落ちて暗くなった山道を走りながら、アキラは、悪かったと、謝りたくなっている自分に気づいた。

決闘のことや、怒《おこ》ったことを、悪いとは思っていない。

でも、

(魔法なんか糞喰《くそく》らえだ)

あれは、たしかにアキラが、悪かったと、そう思った。

でも、だからこそ謝るわけにはいかなかった。いま謝っても、自分の気持ちを、なぜあんな風に叫《さけ》んでしまったのか、伝えられる気がしなかった。誤解させる気しかしなかった。

それは、ノアにしても同じだった。

(彼女たちは落伍者《らくごしゃ》よ)

ノアの、あの台詞《せりふ》、あれはやはり、おかしかった。彼女を知れば知るほど、なぜあんなことを言ったのか分からなかった。

そしてなぜ、そこまで魔法を特別視するのかも。

そのことを伝えたくて、でもどう伝えればいいのか分からなくて、かわりにアキラは別のことを言った。

「なあ!」

風がつよい、大声を出さないと聞こえない。

対向車。速度をゆるめてハイビームを落とす。

「明日《あした》も、バイク出して貰っていいか!」

「……え?」

また対向車。

闇《やみ》の中を、ラビットのヘッドライトだけを頼《たよ》りに走る。

じっとりと脇《わき》に汗《あせ》をかいていた、背中でノアがどんな顔をしているのか、知りたいような知りたくないような気分だった。

やっぱり今の無し！　と、アキラが叫びだす寸前まで、ノアはだまり。

「…………はい」

とだけ答えた。

加速。きゅっと腰《こし》に回される腕に力が入った。

そのタイミングでぶろろん！　となぜかエンジンが強く暴れた。

「ちょ！　噴《ふ》かしすぎだ！　出力下げて！」

「そ、そんなこと言ったたって！」

その後も、なぜか出力は下がりづらく、二人はワーキャー騒《さわ》ぎながら峠《とうげ》を逆さに攻《せ》めていった。

†

特殊災害指定生物は決して、人類を殺したりはしない。

大人達には目もくれず、建物や資源にしても『邪魔《じやま》だから』という以上の理由で壊《こわ》すことはない。

そして肝心《かんじん》の子供達にしても、奴らは恣意的《しいてき》に殺したりはしないのだ。

ただ、攫《さら》う。

攫って、海の底へと連れて行く。

結果的に子供は死ぬ。そうなって初めて、奴らは子供を放《ほう》り捨てるのだ。

その行動原理は今に至るも解明されてはいない。だがアキラにはどうでもいいことだ。

兜村《かぶと》壊滅《かいめつ》事件。行方《ゆくえ》不明者二十五人。

そのなかのひとり、相馬小夜《さよ》。

それだけがすべてで、それだけが目的だった。

そのはず、だったのに……。


翌日も、罰《ばつ》当番は同じように掃除《そうじ》だった。

『――に移動の気配はなく、依然《いぜん》停滞《ていたい》したままです。予想では一週間から一月《ひとつき》程度この場所に居座るものと考えられ――』

古びた本からラジオ放送が聞こえてくる。どうやら台風が近づいているらしい。おかげで昨日掃除した場所は一日と持たずに風にやられて細々としたゴミに埋《う》もれていた。

「……しかし便利だな、あの本」

ところであの古書にはあとどれくらいの機能が付いているのだろう？　ラジオはノアの提《さ》げる本から聞こえていた。ご家庭に一冊欲《ほ》しかった。

「桜田くーん！　おーい！」

校舎脇の雑木林にて、アキラが三袋目《ふくろめ》のポリ袋を満タンにしたところだった。

木々の向こうの二階の窓から、竹井教師がぶんぶんと手を振ってノアのことを呼んでいた。だがこの生徒会副会長はゴミ拾いもそぞろな様子で真剣《しんけん》に天気予報を聞いていて気づいていない。

「おい、呼んでるぞ」

近くまで寄って声をかける。だがノアは反応しない。仕方なくアキラはその肩《かた》を、

「なあ」

「！」

反応は顕著《けんちょ》だった。

ノアははじかれたように距離《きょり》を取ると本を突《つ》きつけて臨戦態勢を取っていた。

「お、おい」

顎《あご》の下に本を突きつけられたまま、アキラは軍手をはめた両手を挙げた。

『――そのため高気圧の張り出し方によっては、迷子《まいご》台風の北進は早まるものと思われます。以上、気象情報をお送りしました。ではここでコマーシャルです――』

奇妙《きみよう》な緊張《きんちよう》状態の中で猫缶《ねこかん》会社があなたの猫の健康と地球環境《かんきよう》を憂《うれ》いている。

「……ごめんなさい」

本を下ろして、ラジオを切って、ノアは小さく頭を下げた。「お、おう？」とアキラは許すが、基本的に意味が分からなかった。

いま、なにかあっただろうか？

だがそれを考える前にノアが、

「……なにか、用？」

「あ、いや。俺じゃなくて、あっちが――」

「おーい！　……ぜぇぜぇ……ノアくーん！」

「あら、先生」

「頼《たの》むからー！　携帯《けいたい》出てくれー！　……ぜえぜえ」

見かけ通りの軟弱《なんじやく》さで、竹井教師は大声を出すのに疲れて校舎の壁《かべ》にもたれてへばっている。その手には携帯が握《にぎ》られていた。

「はて、携帯？」

「さっきから震《ふる》えてる、それじゃないのか？」

ラジオを切ったことで顕著になったが、ノアのブレザーの裾《すそ》が震えている。

「わ！　い、いつのまに……ええと、ここをこうして……」

ノアはそろーっとポケットから携帯を取り出して爆弾《ばくだん》でも解除するようにボタンを押した。

ピッ。

『ようやく出てくれた！』

のけぞる。なぜかスピーカーモードになっていて竹井の声があたりに響《ひび》く。ノアが慌《あわ》てて
ボタンをいじり、

「あ、切れた」

ぷっ、つ――、つ――、

「なにやってんだよ。先生泣くぞ」

即座《そくざ》に再着信。

『切らないでくれよぅ！』

涙声《なみだごえ》。振り返って確認《かくにん》すると、やっぱり泣いていた。

あわあわと、再び同じ事を繰《く》り返そうとするノアの手から携帯を奪《うば》って、アキラは適当に設定をいじってスピーカーの解除にかかる。知らない機種だが、まあ何とかなるだろう。

おお……、とノアがきらきらした尊敬の目でこちらを見てきて非常にやりづらい。バイクの件といい、こういうのを機械音痴《おんち》というのだろうか。

「桜田くん！　聞いていますか⁉　桜田くん！」

「すみません。おれ相馬です。ちょっと携帯のトラブルで見てました。いま代わります」

「相馬くんか⁉　いや、丁度いい二人とも聞いてくれ！」

「はあ」

せっかく解除した機能を再びオン。

「桜田くん！　ケース〇八が発生した！　相馬くんを連れて現場に急行してくれ！」

ノアが息をのむ。

「⁉　了解《りょうかい》！　場所は⁉」

「国山《くにやま》の麓《ふもと》！　田谷町《たやまち》の辺りだ！　急いでくれ。事件発生から五分もたってる！」

「すぐに行きます！　……アキラ！」

「へ？　――おわ！」

いきなり手を摑《つか》んでノアは走り出す。トングとゴミ袋が置き去りになる。

「な、なんだ、急ぐのか？　バイク出すか？」

何が何だか分からないが、とにかく慌てている二人を見て、アキラも空気を読んで駆《か》け出した。

「いえ！　バイクじゃ遅《おそ》すぎる！　――免責宣言《めんせきせんげん》！」

携帯をコール、一回も呼び出すことなく向こうが出る『こちら統治局音声ガイダンス、各種お申し込みは1を、ご相談は2を――』の電子音声を無視して『7』を押す。何度も繰り返してきたような、先ほどまでのとまどいが嘘《うそ》のような機械的な動き。

「統治局二等管理官０９８７４５６、桜田ノア！　軽井沢《かるいざわ》条約免責条項《じょうこう》０８４６３該当《がいとう》の制限解除に則《のっと》り！　第一種移動系『天の階《きざはし》』起動申請《しんせい》！」

それは法律上規制されている魔法《まほう》を使うための宣言だった。埒外《らちがい》の魔法を人間のルールに落とし込める力ある言葉。これこそが現代に生き残った魔法を唱えるための大いなる呪《じゅ》文《もん》だった。

『受理されました』肉声に変わって誰《だれ》かが言う、電子音声のものより遥《はる》かに人間的なのに暖かみを失ったような声だ。

ぱちん、ノアが携帯を閉じる、バチン！　代わりに肩から提げていた本の鍵《かぎ》が焼き切られた。鍵はジュラルミン合金の単純なバンドで出来ていて、炎《ほのお》を喚《よ》ぶ者にしか開けられない仕組みだった。

宝具。

魔法を助ける召喚器《マクガフィン》が、しかしただの物理的な道具でしかないのに対して、宝具は超常《ちょうじょう》の力を宿す正真正銘《しょうしんしょうめい》のマジックアイテムだ。その材料には魔法使いの骨や髪《かみ》が使われ、杖《つえ》や指輪として加工される。たとえば先日、アキラの腕《うで》に嵌《は》まってその力を封《ふう》じた『聖キロンの錠前《じょうまえ》』もこれに当たる。

アキラもそういった小さな物は見たこともある。だがここまで大きく、また美しい宝具は見たことがなかった。

本が開く。ページの中央には緑色の水晶玉《すいしょうだま》が配置され、いかなる不思議かページをめくる度《たび》にスライスされてその断面を晒《さら》していた。石綿で作られた紙は分厚く、本はたったの十六ページしかない。

三ページ目が開く、見たこともない古語で書かれたページに炎が躍《おど》り、次いで、

「燃え上がれ私！」

空気が唸《うな》り、風が熱を帯びる。

十分な空間がとれる校舎裏までやってきたノアは、そこで自らと本の力を解放した。

陽炎《かげろう》が立ち上り、辺りが暴風域に包まれる、鳥達が異常な風を恐《おそ》れて逃《に》げ、地面に落ちた桜の花弁が舞《ま》い上がる。

蜃気楼《しんきろう》と歪曲《わいきょく》した虹《にじ》が風景をゆがめ、ゆらり、ゆらりと、風に煽《あお》られた体が一瞬《いっしゅん》浮く。

「ちょ、これって、まさか――」

「しっかり手を握っていて！」

バイクの時とは真逆の立場でノアが言い、

「ちょ！　まっ！　やめ！」

次の瞬間にはあっけなく、

「う、うわああああああ！」

炎によって作り出された風速三十五メートルの風は、吸い上げるように二人を空へ投げ飛ばした。校舎がみるみる遠ざかり、下校中の生徒が手を振《ふ》っている。

「ぎゃあああああ！　怖《こえ》ぇ！　落ちるぅ！」

「落ちないわよ！　失礼な！」

「いやあああ！　いやー！」

「だから落ちないってば！　!?　ちょ、ちょっと！　どこ触《さわ》ってんのよバカ！」

体がどこにも接していないという状況《じょうきょう》が恐ろしすぎて、アキラは唯一《ゆいいつ》の接点であるノアの腰《こし》を必死で摑む。そうしている間にも二人はさらに高度を上げて、五十メートルほどの高度で安定した。

　薄《うす》い雲の横を飛び、田んぼが鏡のように光っている。

「落ち着いた？」

「……落ち着くと言うか、もう、なんと言うか……」

　もはや隣《となり》に並ぶ建物もなく、鳥達の高度に至るにあたって、アキラは色の抜《ぬ》けた表情でつぶやいた。驚《おどろ》きかたを忘れた感じだ。

「……なんか、だんだんそっちのトンデモに慣れてきた自分がやだ……」

「え？　なに⁉　聞こえないわ！」

　風がすごい、叫《さけ》ばないとなにも聞こえない。「なんでもない！」アキラはやけくそ気味に大きく叫んで聞いた。

「それで！　一体何事だよ⁉」

「コード〇八よ！」

「コード……なに⁉」

「コード〇八！　魔法師による集団暴走事件よ！」

「まほうしによるしゅうだんぼうそうじけん？」

そう聞いてアキラが思い出したのは数年前に起きた「原宿事故《はらじゆく》」である。当時、修学旅行で東京を訪《おとず》れていた少年が、信号無視のトラックにはねられそうになり、トラックごと辺り一面を吹《ふ》き飛ばして、六名の死者と三十五名の怪我《けが》人を出した痛ましい事故。

「……それをおれたちが、どうするって？」

「もちろん解決するのよ！」

サアアと、血の気が引く音がした。ニュースで見た壊滅《かいめつ》した竹下通《たけしたどお》りの映像が脳裏《のうり》をよぎった。

「ちょっとまて、そんなとこに俺も連れてってどうする気だ？　何の役にも立たないぞ」

「別に、期待はしてないわ。ただ、猫《ねこ》の手も借りたいというだけだもの」

「いやだー！　いますぐおろせー！」

「駄目《だめ》よ。これもペナルティの一環《いっかん》なんだから」

「マジでか⁉」

掃除《そうじ》とレベルが違いすぎるだろ⁉

「……そろそろ……あ、見つけた！」

そうこうするうちに、二人は町と田畑を一またぎにして、時島三山の一つ、国山の麓に到着《とうちゃく》した。眼下にはうっそうと茂《しげ》る森と一本の国道が走っている。その国道を中心として、辺りは謎《なぞ》の光や謎の水柱が今この瞬間も立ち上がっていた。

そして謎の爆発《ばくはつ》。

「行くわよ！」

「ちょ、ま！　心の準備が、うわあああ！」

何の躊躇《ためら》いもなく魔法を切って、二人は地上十メートルまで一気に落ちた。

「こら――!!」

膜《まく》のような上昇《じょうしょう》気流で速度を殺しつつ、ノアは叫んだ。「こら」という、犯罪者にかけるにはあまりに牧歌的な言葉にアキラは首をかしげ、

「あなたたち！　いますぐ保育所に帰りなさい！」

暴走事件の犯人達を、この目で見た。

†

「ねえねえ、あんちゃんだれ？　なにしにきたの？」

しるか。

「おにーちゃん！　オレのバッタ見るー？」

見ない。

「ミーンミンミンミン！」

鳴くな。

「俺なー、俺なー、うんこしたいんだー」

しろよ。いやまて、ここでじゃねぇよ。

アキラは途方《とほう》に暮れていた。

「……なんだこりゃぁ……」

上は小学生、下は幼稚園《ようちえん》までの子供達に、文字通りの意味でたかられながら、うつろな瞳《ひとみ》で呟《つぶや》いた。

「……なあ、ノア」

「なによ」

「ぜつめいしろ」

「絶命しろ？　……酷《ひど》い言いぐさね。喧嘩《けんか》を売っているの？」

「違《ちが》ふ。——コラ！　おまえらどけ！」

ついに登頂を果たして頬《ほお》を引っ張る男子（三人もいた）をはたき落として、アキラは辺りに群がる子供達を指さした。

「説明しろっつったんだ！　なんなんだよこれは！　暴走事件じゃなかったのかよ！」

「ええ、そうよ。——ああ、アキラが想像したのは本土でのコード〇八ね。この島で暴走事件といったら、普通《ふつう》はこういった子供の事件のことよ」

「だからってフガフガモガ、——ええい！　どけっての！」

「こーら、こーくんもおさむくんも、アキラに登るのはやめなさい」

「やだーノアちゃんやめてーオレいま蟬《せみ》なのー」

「えへへー、おれクワガター」

懲《こ》りずに再トライしていた男子を甲虫《かぶとむし》のようにはぎ取りながら、ノアは意外なものでも見るようにまじまじとアキラを見つめた。

「……あなた、意外と子供に人気あるわね。……樹液でも出てるの？」

「んなもん出るか」

すんすんと匂《にお》いまで嗅《か》ごうとする頭を追いやると、ノアはとくに気にすることなく男子を下ろし、背中をぽんと押して迎《むか》えに来ている送迎《そうげい》バスのほうに走らせてやる。

「さ、みんなバスに乗って──先生、あと何人ですか⁉」

「あと二人！　みくちゃんとなおくんが見つかってないの！」

顔見知りなのだろう。バスの横にいるエプロンをつけた女性が「わるいね！」とノアを拝んで言った。

と、言っているそばからひょこりと、ガードレールの横から女の子が顔を出した。

「あ！　みくちゃん！　まちなさい！」

「きゃー！　見つかっちゃった！　わーい！」

悲鳴に近い歓声《かんせい》を上げて、みく（推定四歳）は土手を駆《か》け下り浮かび上がった。風使いである彼女は、熱から風へとワンクッション挟《はさ》んだノアよりもさらに繊細《せんさい》な飛行が可能だった。

「逃がさない！」

だがしかし、召喚域《しょうかんいき》はノアのほうが遥《はる》かに広く強力だ。ピインと空気が鳴くような音が響《ひび》き、炎《ほのお》の召喚域が限界まで広がる。自らの領域を食いつぶされたみくの風がかき消え、代わりに猛々《たけだけ》しい上昇気流が小さな体を鞠《まり》のようにつり上げた。

「さ、捕《つか》まえた」

「あちゃー」

ぽんっと、ノアの胸に落ちてきたみくは、捕まったというのに嬉《うれ》しそうに、ニコニコと満面の笑《え》みで笑っていた。ノアもつられて笑顔になる。

その笑みに、アキラは少しどきりとした。それは普段の子供っぽい笑みとは全く違う、慈《いつく》しみと愛に溢《あふ》れた微笑《ほほえ》みだった。

そんな顔も出来るのか。と、アキラは少し驚いた。

「あとひとり、……なおくんか……」

みくの背中を押してバスへと走らせ、途端《とたん》にノアは険《けわ》しい顔つきに戻《もど》った。アキラも我に返って頭をふる。

「どうする？　手分けして探すか？」

「いいえ、それは危険よ」

すっかり安心していたアキラはその言葉にギョッとした。

「ついてきて」

ガードレールを越《こ》えて森へと入る。

「なおくんは四歳で、雷使《かみなり》いなの」

「げ」

「『雷使いに弱者無し』よ。油断しないで」

その言葉は魔法師《まほうし》の間でよく使われる文句だ。通常、水や炎などの召喚物はある程度以上の召喚圏《けん》を持たないと破壊《はかい》的な威力《いりょく》を持たないのに対して、雷はどんな小さな門であっても開けさえすれば『帯電』させることによって高電圧物体を生み出すことが出来る。そのため、雷は総じて強力な召喚対象として見なされていた。

しかし、それが悲劇を起こすことも多い。

雷使いは幼少期の死亡率がもっとも高い召喚対象でもあった。なぜならこちら側で帯電させる物質に選ばれるのは、大抵《たいてい》の場合、本人だからである。

帯電した雷使いに母親が触《ふ》れて、二人とも黒こげになる事例はいまでも多い……。

「通電靴《ぐつ》とか履《は》いてないのか？」

「そのはずだけど、なおくんは嫌《いや》がってよく脱《ぬ》いでしまうの」

「……分からなくはないけど、なんとも迷惑《めいわく》な……」

ふっと、木々が途切れて、二人は森の中のちょっとした原っぱに出た。

そこで、空中で泣く子供と出会った。

「うわああん！　ノアちゃああ！」

めそめそと、完全に迷子《まいご》状態で泣いていた五歳ほどの子供は、ノアの姿を認めると大喜びで近寄ってきた。

「あぶねぇ！」

アキラが反射的に流体制御《せいぎょ》、後ろの空気を前に押しやって轟風《ごうふう》を生んでなおを追いやる。

「うわぁぁん！」

森の奥で、なおが再び泣き始める。

「なおくん！」

「磁性浮遊《ふゆう》状態……」

たらりと、ノアが引きつった顔で汗《あせ》を垂らした。

磁性浮遊とは、自らに接触《せっしょく》した空気分子をイオン化して下部に吹《ふ》き付けることによって浮遊する雷使いによる第一種移動系である。当然、その体は落雷《らくらい》前の暗雲のごとく高電圧に満たされているため。触《さわ》れば良くて失神、悪ければ周囲を巻き込んで死亡する。

むろん、風に飛ばされてしくしくと泣くなおに敵意はない。彼はただ、迷子の恐怖《きょうふ》からもっとも身近で安心できる力を使い、不安を誤魔化《ごまか》すためにその身を寄せたにすぎないのだ。現に野犬のたぐいは絶対に彼に近づけなかったはずなのだから。

だがこれでは味方も近づけない。

「おい、どうするんだこれ？」

「……こうなったら自然に抜《ぬ》けるのをまつか、他《ほか》の雷使いに散らして貰《もら》うしかないわ。手があいている人がいればいいけど、そうでないと何時間もかかってしまう……」

「うわあああん、のあちゃあああん！」

「だああ！　だからお前こっちくんなっつの！」

風でころころと吹き飛ばす。

「ああ、なおくん！　泣かないで……」

おろおろと、自分の力が及《およ》ばない事態に遭遇《そうぐう》したせいか、ノアがまったく役に立たなくなっていた。その姿が、アキラはなんだか無性《むしょう》に気に入らなかった。ノアの力で電気を散らす方法は存在しない。いまの彼女に打つ手はない。

だからと言って、これではただの子供を心配するだけの母親だ。

しっかりしろよ！　そう心の中でつぶやいて、アキラは一歩踏《ふ》み出した。

「おいこら！　なお！」

そして仁王《におう》立ちして言ってやった。

「男がめそめそ泣くんじゃない！」

「ひ、ひぐっ」

びっくりして、初めてこちらに気づいたような目で見る幼児にびしっと指を差す。

「ア、アキラ?」

「びーびーびーびー泣きやがって！　これ全部自分でやったことじゃねーか！　それをさっきから泣くばっかかしでなんだ！　今のお前に触れたらみんなしびれちまうって、五歳ならもう分かるだろ！」

「で、でも」

「でもじゃない！」

最初はポカンと聞いていたなおは、アキラに怒《おこ》られてだんだんと居心地《いごこち》悪そうに目線を逸《そ》らし、

「目を逸らすな！」

「ひっ！」

「あ、あの、アキラ、落ち着いて――」

ノアがおろおろと取りなそうとする。だが無視！

「男なら自分のケツくらい自分で拭《ふ》け！　分かったか！」

「う、うん」

「うんじゃない！　はいだ！」

「は、はい！」

「よし、いい返事だ！　だったら今から電気の落としかた教えてやるから自分でなんとかしやがれ！　いいか、まず――」

言って、アキラはズンズンと恐《おそ》れることなくなおに近づき、以前、幼なじみに聞いた帯電状態の抜け方を伝授してやる。――ようは落雷にならない程度に少しずつ電気を逃《に》がしてやればいいのだ、イオン風をさらに強くして飛べるギリギリまで電力を落とし、そこから先はアキラがサポートして滞空《たいくう》したまま電気を逃がしていく。

「ほれ」

そしてふわりと、なおはアキラの腕《うで》の中に舞《ま》い降りた。

「っつ！　……まだちょっと残ってやがったか、少ししびれたぞ。お前大丈夫《だいじょうぶ》か？」

「うん……平気」

「よし、強いな。偉《えら》いぞ。…………って、なにしてんだおい。…………どうしてお前らは俺に登りたがるんだよ……」

腕の中から抜け出して、頭まで登頂したなおが満足気にぺかーっと笑う。

「……お兄ちゃん、お名前は？」

「ん？　アキラだ。相馬アキラ」

「アキラお兄ちゃん……」

しょうがねーなー。とあきらめて、アキラは肩車《かたぐるま》をしてそのままノアの元へと歩く。

「なおくんが懐《なつ》くなんて、本当に、意外」

ノアが目をぱちくりさせていた。

「これで最後だろ？　とっとと戻ろうぜ」

「え、ええ。……でもアキラ、その前に一つだけ言わせて」

「なんだよ」

「〝男なら～〟とか、そういう発言はやめて頂戴《ちょうだい》」

「別に男同士なんだからいいだろ。なあ、なお？」

「いえ、そういうことではなく――」

悩《なや》ましげに、ノアが言う。

「なおくん、女の子だから」

は？　とアキラは間の抜けた顔をした。頭の上でなおが恥《は》ずかしそうに顔を染めた。

まったね～。と子供達を乗せて去って行くバスに手を振《ふ》って、アキラとノアは学校へと向かった。

両脇《りょうわき》は田んぼがどこまでも広がっている。夕日が水面を赤く染めて、春の虫が鳴いていた。ノアは、歩道との境にある縁石《えんせき》に乗って歩きながら、クスクスと上機嫌《じょうきげん》に笑っていた。

「ふふふ、それにしても、いったいどこでなおくんを男の子だと勘違《かんちが》いしたの？」

「いや、だって、そっちがくん付けで呼んでるから……」

「ああ、それはね。なおくんって、女の子扱《あつか》いが嫌みたいで、ちゃん付けだと返事してくれないのよ。――くすくす、それにしたってあんなに可愛《かわい》らしい子を、男の子だなんて思わなくてもいいのに」

くるり、くるりと、返事をする度《たび》に後ろを振り返るノアの表情はその度に色彩《しきさい》を変えていた。

「……しっかし、帰りは歩きとかだるいな。飛んでっちゃ駄目《だめ》なのか？」

「あら、あんなに怖《こわ》がってたのに？」

「うっさい。もう慣れたっつの」

「どのみち駄目よ。あれは緊急《きんきゅう》事態だから許されたんだもの。消防車だって救急車だって、帰るときはサイレン鳴らさないものでしょ？」

「そういうもんですか」

「そういうものよ」

とん、と縁石の切れ目で飛び降りて、ノアは振り返りつつ道を歩いた。知らない鼻歌。振り返る度に拍子《ひょうし》が変わり、表情が回る。

空の半分はもう夜だった。太陽は山の頂上だけ照らして海に沈《しず》み、地平の家々には暖かな灯《ひ》がともりはじめている。

その中を、二人は静かに流れる小さな川の脇の道をさかのぼっていく。

「子供、好きなんだな」

アキラが言った。

「ええ。──そう言うあなたはなんだか苦手そうね」

「嫌《きら》いなわけじゃないんだけど……」

なんせ登るし……とため息をつく、「登るって……」とノアがクスクスと笑っている。

「アキラはいい保育士になれそうだけどね」

「そうか？　召喚圏《しょうかんけん》が八十六センチしかない保育士なんて役に立たないだろ」

魔法師《まほうし》の就職先といえば一般《いっぱん》に思い浮《う》かぶのは宇宙飛行士や深海調査員などの花形職業だが、そんな極地活動員になれるのは一握《ひとにぎ》りにすぎず、残りの六割以上が従事するのは教育関係の仕事だった。子供の魔法を抑《おさ》え込むことが出来るのは、彼らより強力な召喚圏を持つ者だけなのだから。

アキラの召喚圏は強力だが、いかんせん範囲《はんい》が狭《せま》すぎる。その点、半径三十メートルという破格の召喚圏を持つノアは病院でも保育所でも引っ張りだこになることだろう。

「そういうことじゃないわ。魔法なんかよりもっと大切なことよ。あなたは、子供に好かれるから……」

「あれ好かれてんのか？　登られてただけだぞ？」

「……まあ、若干《じゃっかん》その辺りは私も自信ないけど」

「おい」

「ふふふ。でも本当によかった。……何事もなく終わって」

その時、二人は道の脇を流れていた川の源《みなもと》の水が湧《わ》き出ている場所へとたどり着いた。

そこには不思議の滝《たき》があった。

通常、大地の底から湧き出るはずの清水が、この川に限っては五メートルばかり上空にあって、いまもざぁざぁと降り注いでいる。

二人はなんとなく滝の元へ足を踏み入れた。小さな広場の真ん中にある滝は噴水《ふんすい》のようにライトアップされている。

『子弓《こゆみ》の滝』

そう名付けられたこの滝は時島の小名所であり、過去の魔法師がこの世界に開けた風穴だ。

これは何十年も昔、この島がまだ開拓《かいたく》の真っ最中だった頃《ころ》、井戸《いど》一つ無いこの島で生まれた少女が死を賭《と》して願い、生まれた滝なのだという。

結果、通常はどれだけ長くても半日程度で閉まる召喚門は五十年たった今日にいたるも開き続け、毎時五十トンもの真水を呼び出し続けて人々を潤《うるお》してきた。その効力は少なくともあと三十年は続くだろう、と横にある記念碑《きねんひ》には書いてあった。

この島にはそんな場所がいくつもあった。

「国山の狐火《きつねび》、荒天原《こうてんげん》の空凪、幽霊岬《ゆうれいみさき》の深淵《しんえん》。片瀬《かたせ》病院の空中庭園」

ノアはぽつぽつと、アキラが船の上から見た超常《ちょうじょう》を指さした。

それらはすべて、子供達の魂《たましい》の燃え跡《あと》だ。

「……今日は、下手《へた》をすると新しい観光名所が出来てしまうところだったわ……」

ぽつり、ノアが言った。

「まじか……」

冗談《じょうだん》。というには重々しすぎる声だった。

「……実は、結構やばかったのか？　あれ」

「私達が間に合わなければ、あるいは……」

ノアは、滝を囲う枠《わく》に座って、あふれ出たばかりの水にちゃぽりと触《ふ》れた。滝はレーザーと電灯によって照らされて、景色をさらに幻想《げんそう》的に彩《いろど》っていた。

「だったら、子供達が魔法使うの、もっと厳《きび》しく禁止した方がよくないか？」

「無理よ」

「なんでだよ、現に俺らは一応、危険な魔法は制限されてるみたいじゃないか」

「アキラは子供の頃、魔法を使うなと大人に言われたことはなかった？」

「そりゃもちろん言われたさ」

「それで、あなたはどうしたの？」

「もちろん無視したさ……あ」

「そういうことよ」

ふう、と重たげなため息。

アキラが思い出した、仲間達との遊びはいつも、大人達の怒鳴《どな》り声で終わっていた。

「魔法を使うな！」と青筋立てて怒る彼らに、子供達はうんざりしていて、あかんべえをして逃げたものだ。

まさか彼らが本気で、自分達を守ろうとしていたなどとは気づかずに。

「私にも覚えがあるから、偉そうなことは言えないけど。……子供達は、自分達がどれほど危険な力で遊んでいるのかなんて知らないのよ。いくら『沢山《たくさん》の事故が起きている』と言ったところで、彼らにとっては自分の身に起きなければ無いも同然だもの。……そしていざ、事故が起きたときは、もう全《すべ》てが手遅《ておく》れになってしまう……」

その、手遅れとなった美しい末路を、ノアは見上げた。

「きっとこの子が、現代に生まれていたら、こんな物を遺《のこ》さずお婆《ばあ》さんになっていたのでしょうね。……あるいは私が、当時にいれば……」

あの柔《やわ》らかい表情で、ノアは子供の頭を撫《な》でるようにあふれ出たばかりの水に触れた。

「そう、かもな……」

それは容易に想像できる風景だった。

再び沈黙《ちんもく》が流れた。ライトアップが変化して、滝を七色に染めていた。

「ななつまでは神のうち、ここのつまでは魔法の子」

ふいに、ノアがそらんじた。

『ななつまでは神のうち』それは近代以前、幼子《おさなご》の死亡率が恐ろしく高かった時代の文句だ。七歳までは人ではなく神さまのものであって、その生死を重んじないものとしていた。

そして『ここのつまでは魔法の子』とは無論、魔法に囚《とら》われた子供たちを指す。

「アキラは、アマラとカマラという姉妹《しまい》の話を知ってる?」

ノアが言った。

「いや、あいにく……」

「オオカミに育てられた姉妹の話、と言った方が通りはいいかもしれないわね」

「あ、それなら聞いたことあるな」

たしか、漫画《まんが》かなにかで見た記憶《きおく》がある。

「いまから百年ほど前に、インドのジャングルで人の言葉を解さない二人の姉妹が見つかったの。その二人はどうやら捨て子で、その歳《とし》までオオカミに育てられたんですって。その二人が、アマラとカマラ」

「へー」

「私、この話を知ってからずっと思ってるの。私達ってみんな、このアマラとカマラみたいだなって」

「?　?　?」

「……オオカミのかわりに、魔法に育てられた子供達、そういう意味よ」

漏《も》れる言葉は昔話を語るようだった。

「もちろん私達を育ててくれたのはお父様やお母様や乳母《うば》だけど、でも、絶対にそれだけじゃないの。そこにはもう一人、魔法といういたずら好きのオオカミがいて、私達を守って、育ててくれたんだわ」

悲しい悲しい、昔話。

「——でもそれはやっぱり、オオカミなりの愛情で、オオカミなりの育て方で、人間の子供を育てるものではなかったの……どれだけ子供がオオカミを慕《した》って、ついていこうと願っても、弱い手足じゃいつかは追いつけなくなってしまうんだわ……」

観念的な話だったが、不思議とアキラには飲み込みやすかった。

もしも、魔法の神様という存在がいたとしたら、それはきっとオオカミの耳をはやした若い女神《めがみ》で、子供達が大好きなのだ。

けれど愛し方を知らなくて、花に水をやりすぎるように、兎《うさぎ》に肉を与《あた》えるように、人間に魔法を与えてしまった。

それが、なにを引き起こすかも分からずに。

「私の話、分かる？」

ちらりと、不安なのだろう、ノアが、上目遣《うわめづか》いで尋《たず》ねてきた。

「分かる。――と思う」

「よかった。この話は凜にもしたけど、あの子は納得《なっとく》してくれなかったから……」

「……あいつは、なんて？」

「凜は『その話は九割九分の人間には当てはまるけれど、残りの一分の人間を切り捨てている』と言ったわ。『もしも炎《ほのお》の中で咲《さ》く花があったなら、もしも肉を喰《く》う兎がいたとしたら。もしも魔法でしか生きられない人間がいたとしたら、そんな化け物にはあなたの優《やさ》しさがむしろ苦痛となるでしょう。そうなれば今度は逆に、オオカミの子を人間として育てるような、そんな悲劇しか生みません』と……」

「……あいつらしいなぁ」

「私は、そんなことはないと、信じるわ。人は人の中で生きるのが正しいのだと……」

アキラは静かにうなずいた。同意したわけではない、だが、ノアの言うことは分かった。

ノアは、オオカミから姉妹を助けたいと言っているのだ。喉《のど》の渇《かわ》きから水を呼び出し、だがその才能の強さ故《ゆえ》に溺《おぼ》れかけている少女の元に、まるで天の使いのように降り立ち、彼女を抱《だ》きしめ救うのだ。

そのために、魔法の力は不可欠だった。

だから、ノアは魔法を失うわけにはいかなかった。

だから、その力を誇《ほこ》りに思った。

だから、

(魔法なんて糞喰《くそく》らえだ!)

そんな風に、言われては、

「——そりゃ怒《おこ》るよな……」

どさりと、自らもまた、滝を囲う枠に座り込んで、アキラはため息をついた。

頭の中で全ての出来事が繋《つな》がった気がした。

ノアは決して、エリート意識で魔法にこだわっていたわけではなかったのだ。子供達を救うという夢のために、魔法という手段を大切にしていただけだったのだ。

それを自分は侮辱《ぶじよく》した。

「どうしたの?」

すぐとなり、コンパスで描《えが》いた様なはっきりとした光のなかでノアが見上げてくる。

それでもまだ、アキラは謝ることが出来なくて聞いた。

「なあ」

「はい？」

「一昨日《おととい》教室から見た三人、覚えてるか？　……脱落者《だつらくしゃ》って言ってた」

その言葉を口に出すのはいまでも抵抗《ていこう》があった。だが、その話をせずに終わらせることは出来なかった。

「……ええ」

「あの子達って、もしかしてノアの知り合いなんじゃ――」

「チームメイトよ」

氷を飲んだような声だった。

「元、だけど……」

「……そうか」

アキラは黙《だま》った、それだけの言葉でだいたいのことが理解できた。だが当然ノアにそんなことは分からず、彼女は内にため込んだ思いをぽつぽつとこぼした。

「……つまらない話をひとつ、聞いてくれる？」

「聞くよ……」

「私には、約束した友達がいたの。ずっと一緒《いっしょ》で、夢を叶《かな》えるんだって、約束した仲間達が……」

ノアはうつむいて、スカートの裾《すそ》を握《にぎ》りしめていた。

「百合子《ゆりこ》は宇宙飛行士、美保《みほ》は防災官、りせは保育士になるって、約束してたの……」

噴水《ふんすい》とは違《ちが》う雫《しずく》が地面に落ちた。

「……それなのに。よりによって三人も、いっぺんに……！」

義務だと思ったので、視線を逸《そ》らした。

「……それでも、脱落者は言い過ぎじゃないか？」

「分かってるわ！」

ノアは言った。

「みんな、好きで失ったわけじゃない！　そんなことは分かってる！　仕方がなかったって！　この世界にはどうしようもないことがあるんだって！　それくらい知ってるわ！」

――でも！　とノアはうつむいた。

きっと、友達だったのだろう。

おそらくは親友と言っていいほどの、夢を分け合えるほどの、友達だったのだろう。

「どうしてみんな、私を置いて――」

そこから先は言葉にならなかった。

　アキラは知らない、ノアと彼女達の間がどんな関係だったのかを。そこにどんな会話があったのかを知らない。

　だがそれでも、知らなければならないことは、すべて知ることが出来た。

　脱落者と罵《ののし》ったあの言葉は、アキラにかけられたものでも、彼女達にかけられたものでもなかったのだ。

　あれは、ただの、流れ弾《だま》だったのだ。

　そんな風にアキラを罵る言葉なんて、最初から存在しなかった。

　ただ、タイミングだけが悪かった。

「ごめんな」

　謝罪は自然と漏れ出した。

「？　なにが？」

　スンと鼻を鳴らし、目元をぬぐってノアが顔を上げた。

「魔法なんか糞喰らえだって、言ったこと」

「……あ」

　ノアはすぐにその意味に気がついて、

「……ええ」

と、今度はなにも言わずに受け入れた。

「……もう、いいの？」

「ああ」

「そう……」

ノアはなにも聞かなかった。だがアキラは話したかった。まるでさっきまでと立場が逆になったようだった。

だがここでは言えない。

運命、という奴《やつ》なのだろうか。

ここからは、あの場所が驚《おどろ》くほど近い。

「……アキラ？」

「ちょっと、つきあって欲しいところがあるんだ」

立ち上がって、手を差し出した。

ノアはなにも言わずにその手を取った。

懐《なつ》かしさなど微塵《みじん》も感じなかった。

喜びなどひとつもなかった。
胸にあるのはただ、虚無《きょむ》だった。
「ここは……」
背後でノアがつぶやいた。
暗闇《くらやみ》に満月が一つ浮《う》かんで、辺りを淡《あわ》く照らしていた。
てっきり、廃墟《はいきょ》か何かが広がっているのかと思っていた。
あるいは、死体の一つくらい見つかるかと思った。
だが、そんなものはなにも、残っていなかった。
なにも。
「……ははは」
人間、どうしようもなくなると笑いしか出てこないのだと、アキラは知った。
時島西北部、兜村。
そこにはもう、なにもなかった。
ただ敷《し》き詰《つ》められた大理石と、万葉樹の飾《かざ》りが並ぶだけだ。
カツカツと、石を敷き詰められた祭壇《さいだん》を行く。辺りはまるで霊園《れいえん》の様だ。
いや、様《よう》、ではない。

ここは正《まさ》しく、霊園なのだ。

やがて、アキラは行き着いた。

村の中心部には五年前の死者を悼《いた》む石碑《せきひ》があった。

「ここ、前は学校だったんだ」

「……あ」

「なつかしいな。……いや、よく分からねぇや」

石碑には犠牲者《ぎせいしや》の名前が彫《ほ》られていた。上から探した方が早いのに、アキラはわざわざ下のワ行から追っていく。和田《わだ》、和久井《わくい》、吉田《よしだ》、由良《ゆら》……、ちょっとした時間稼《かせ》ぎは一分も保《も》たなかった。

彼女の前で、アキラは始めた。

「俺、さ」

言葉は呼吸のようになめらかに出た。

「妹が、いるんだよ」

「？　え、ええ。凛のことよね」

ノアが不思議そうな顔でうなずく。思わず苦笑《くしよう》が漏《も》れた。凛は本当に、誰《だれ》にも話していなかったらしい。

そのことを、アキラは薄情《はくじょう》だとは、もう思わなかった。

「もう一人いるんだ。相馬小夜っていう。凜の姉が」

珍《めずら》しく、雲一つ無い夜空だった。

「小夜は五年前、特殊《とくしゅ》災害指定生物に攫《さら》われた」

「……ッ!!」

静寂《せいじゃく》だけが答えた。

「それから俺はずっと、あいつの行方《ゆくえ》を追っていたんだ……」

いまでも鮮明《せんめい》に覚えている。五年前から今日までのこと。それでも妹を探して走り回った日々のこと。旅費なんか全然無くて、自由なんて一つも無くて、宿泊《しゅくはく》すら出来ずに空き地で寝《ね》た。警察に補導されて寮《りょう》に連れ戻《もど》されることもあった。だが一度も諦《あきら》めなかった。そんな事は出来なかった。それは重大な裏切りだと思っていた。

誰もそんなこと、強要してはいなかったのに。

「幸い、魔法を失っていた俺は、日本全国を自由に動いて探しにいけた。休日の度《たび》に自転車をこいで、病院や無縁仏《むえんぼとけ》を見にいった。でも、やっぱり見つからなくてさ……それで、海外に目を向けたんだ」

「海外……」

「俺バカだからさ。すげー勉強してさ、なんとか西海岸に姉妹校のある進学校に行けたんだ。そんで、夏には向こうに行けるはずだった……んだけど」

それから先はノアも知っていることだ。

相馬アキラの魔法《まほう》が戻り、再びこの島に連れ戻された。

「……まさか」

ノアが気づいた。

「あなたが、魔法の復活を喜んでいなかったのって……妹さんを探すため……？」

無言で頷《うなず》き、アキラは石碑に刻まれたその名前を、指さした。

相馬小夜。

この春から、行方不明者ではなく死亡者として扱《あつか》われるようになった妹の名は、玄武岩《げんぶがん》の表面に、そう小さく彫られていた。

「そんな……」

ノアは呆然《ぼうぜん》として、ついで、慌《あわ》てたように身振《みぶ》り手振りでしゃべり始めた。

「アキラ、あの、私、全然気づかなくて、まさかそんな、魔法師だから出来なくなることがあるなんて……」

「いいよ」

「でも、それなら言ってくれれば……」

「だから今言ってる」

「そうじゃなくて、どうして今になって……？　今？　……あ！　ああ！」

教えるつもりはなかったのだが、結局ノアは気づいてしまった。

彼女の考えが完全に読めるようだった。全《すべ》てが繋《つな》がる感覚。数秒前の自分に起きたことが、いまノアの中で起きていた。

「ご、ごめんなさい！」

一瞬《いっしゅん》の躊躇《ためら》いもなく、ノアは謝った。

「でも、違《ちが》うの！　脱落者《だつらくしゃ》というのはあなたのことではなく……でも、みんなのことでもなくて、あれは、ええと、あの」

いいよ。とアキラは自分がそうされたように許した。あうう、とノアはへこたれた。

「……アキラ、怒《おこ》ってる？」

「そりゃもう、怒ったよ」

あう、とノアがへこたれる。

「けど、もう怒ってない。そっちだって怒ってないだろ？」

「……ええ。あなたの謝罪は、私の心に届いたわ」

ノアは力強く頷いた。

「だから、私もあなたに、心から謝るわ。ごめんなさいアキラ」

「いいよ……」

よかった、と二人で笑いあった。ノアの顔に憂《うれ》いはなく、アキラも心の底から笑ってい
た。春の虫が鳴いている。月がすべてを照らしている。墓場はどこまでも美しく。久しぶ
りに、世界のすべてが正しく回っている気がした。

そして、アキラはいきなり限界に達した。

がくり、と膝《ひざ》をついて石碑に背を預け、冷《ひ》や汗《あせ》の出る胸元《むなもと》を鷲摑《わしづか》む。

「へ？ ア、アキラ⁉」

談笑していた相手がいきなり顔を真っ青にして座り込んだので、ノアは慌てて駆《か》け寄っ
た。

「ちょっと……すまん……予想以上に……」

墓となった村。石碑に刻まれた名前。そのすべてがアキラの心を苛《さいな》んでいた。

「ど、どうすればいいの⁉ 救急車⁉ それとも飛んで──」

「……居てくれ」

飛び出そうとするノアの手を、すんでのところで捕《つか》まえる。

「そこに、居てくれ……」

「わ、分かったわ。行かないから。何をすればいいか、言って」

「なにもしなくていいから……」

情けないなぁ。と心の底から思う。その瞳《ひとみ》には涙《なみだ》さえ浮かんでいた。

それでも、いいと思った。

「頼《たの》むから、そこに居てくれ……」

「……あ」

やがて、ノアは慌てるのをやめて、ただ静かに腰《こし》を下ろした。

そして、さも自然に、そうすることが正しいように、アキラの頭をそっと撫《な》でた。

くっくっく、とアキラは苦笑いしたつもりだった。だがそれは誰が聞いても嗚咽《おえつ》にしか聞こえなかった。

いまさら分かった。

ようやく分かった。

自分はただ、怖《こわ》くて、たまらなかったのだ。

凛のように、勇気を出して諦めることが、出来なかっただけなのだ。

小夜を探すと、執拗《しつよう》なまでに宣言して、その実やっていることは現実感などひとつもないことばかりで、現実的に彼女を見つける方策など一つもなかった。

自分はただ、探すという行為《こうい》に逃《に》げていただけだったのだ。

そうすれば、相馬アキラは正しくいられたから、諦めることなんて考えもせずに、夢の世界を生きていけた。諦めた奴《やつ》らを見下して、一人だけ綺麗《きれい》でいられたから……。

だが、もう無理だ。一度折れた魂《たましい》は二度と、元に戻りはしない。

だから、再びここから始めようと思った。

「ノア」

ようやく故郷に帰り着いて、アキラは生まれて初めて言葉を発するようにしゃべった。

「……なに?」

「……お前さ、絶対保育士になれよ」

「……え、私、そのことあなたに言った?」

「ばればれだよ。だから、魔法の力が必要だったんだろ?」

「それは……」

「がんばれって。ノアなら絶対なれるさ……」

絶対などと、それこそ絶対に使えない言葉だった。魔法師は年間一割の確率で魔法を失う。その数字からは天才も凡才《ぼんさい》も一切《いっさい》の区別なく逃《のが》れることはできない。そうでなくても事故や病《やまい》や、どうにもならないことが起きて夢が破れることもある。

それでもアキラは、ノアを信じた、ノアの夢が叶《かな》うことを願った。

なぜならその夢は、アキラが見てきたもので一番きれいな夢だったから。

魔法の力で、魔法に溺《おぼ》れる子供達を助ける。

こんな綺麗な夢が叶わないなんて、嘘《うそ》だと思った。

そして、

「俺も、もう一度始めるよ」

心は折れて、もう二度と元に戻る事はなかった。アキラはもう、あの頃《ころ》みたいに自分を盲信《もうしん》することは出来なかった。

だから、もう一度最初から始めることにした。

小夜を探そう。

手段も方法も分からないけど、それでも彼女を見つけ出そう。

そして同時に、自分も探そう。

五年前になくした相馬アキラを、再びこの手に取り戻そう。

前者はともかく、後者はとんでもなく大変な作業に思えた。

それでも、彼女の横でなら、出来ると感じた。

「あ、流れ星」

そのとき天球を星が横切っていった。

アキラは夜空を見上げてノアの夢が叶うことを願った。

だから、最後まで気づかなかった。

となりにいるノアが頷かないで、ずっと歯を食いしばってうつむいていたことに。

最終章　魔《ま》法《ほう》の子

時島《ときしま》は魔法の島であると同時に嵐《あらし》の島でもある。本州辺りでは力を失う熱帯低気圧も、この辺りではまだまだ立派な台風で、シーズン中はそれこそ毎日のようにやってくる。

そんな環境《かんきょう》に島民はすっかり慣れきって、日曜などは各家庭で寝《ね》っ転《ころ》がっている男衆の尻《しり》が色とりどりの屋根にけり出されて瓦《かわら》のチェックに余念がない。鈴《すず》なりのオヤジ達の下を役所の軽トラが「強風対策をしましょう」と宣伝してまわり、スーパーの特集コーナーには電池と乾《かん》パンがずらりと並ぶ。

それはもちろん白鷺荘《しらさぎそう》にも言えることだった。

あれから三日がたった初めての休日を、アキラは住処《すみか》のために返上していた。

小雨の中、アキラは屋根の上にいた。

「……ここか」

丁度、部屋の真上にあたる瓦だった。雨に濡《ぬ》れてつやの出ているその一枚は風化によって真っ二つに割れていた。

アキラはパズルのように組み込まれたその一枚を注意深く外し、予備の一枚（これを探すのにも苦労した）を差し込んで固定した。

さらに二か所。どうもアキラのあてがわれた部屋は長い間使う者がいなかったらしく、だいぶガタがきているようだった。

雨脚《あまあし》が少し強まり、雨合羽《あまガッパ》の生地《きじ》を叩《たた》いている。魔法を使えば濡れずにすむが、なんだかそういう気になれなかった。

『――『迷子台風《まいごたいふう》』は依然《いぜん》勢力を保ったまま停滞《ていたい》しており、この影響《えいきょう》によって台風四号から六号までの新しい台風が――』

どこかでラジオが鳴っている。いや、それだけではない。ここにいるといろんな音がよく聞こえた。誰《だれ》かが弾《ひ》くギターの音、テレビゲームと音楽。それに表を走り抜《ぬ》けていく新聞配達のエンジン音。そういった生活の音が雨に混じって、なんだか不思議と気持ち良かった。これなら面倒《めんどう》な修理も苦にならないほどだ。

ついでだからと、アキラは屋根全体を点検しようとぐるりと辺りを見回した。

すると、故障は見つからなかったが。その代わり、南の空に彼女を見つけた。

瓦を割らないように慎重《しんちょう》に、しかし出来るだけ急いで、アキラは屋根の上から中庭に向かう。

「ノア!」

到着《とうちゃく》と同時に、空から彼女が降りてきた。

ぼわんっ! と雨粒《あまつぶ》を蹴《け》散《ち》らして、ノアが丁寧《ていねい》に地面に降りた。水をしこたまかぶりながら、それでもアキラは笑っていた。

「お帰り」

「……ええ、ただいま、アキラ」

ノアは、パトロールの帰りだった。

時島は百万人の子供が集《つど》う教育都市である。そのため、常に特災から狙《ねら》われている。対する防備はよっつ。自衛隊、米軍、国連軍、そして戦闘《せんとう》技能を持った生徒達だ。なかでもノアは索敵《さくてき》から殲滅《せんめつ》までを一人でこなせるオールラウンドプレイヤーであり、時島を守る最大の剣《けん》でもある。

そのために、こうして偵察《ていさつ》にかり出されることも多々あった。初日のスクランブルも、その一つだ。

「お疲《つか》れ……怪我《けが》とか無いか?」

「γ《ガンマ》級の海龍《かいりゅう》が三体よ。怪我をする理由がないわ」

「……流石《さすが》だな」

どことなくツンツンしている。

「まだ待機か？」

「いいえ、もう解除されたわ。……でも、どうも海龍の群れが近くに居るらしいから。また緊急《きんきゅう》スクランブルが掛《か》かるかも……」

「……そっか……」

「ええ」

ハンドタオルで最低限の雫《しずく》だけ払《はら》ってから、ノアがラジオに火を入れた。

『――これにより、明日《あした》は全国的に雨となるでしょう。続いて風と波ですが――』

会話を打ち切るようなその態度に、アキラは戸惑《とまど》いを覚えつつなにも言えなかった。

「あのさ――」

「……少し、気象情報を聞かせて頂戴《ちょうだい》」

「……ああ」

やはりだ、
あの日から、ノアの様子がどこかおかしい。

無視をしたり、怒《おこ》った様子は見せないのだが、なぜかこちらを避《さ》けるようにしている。

避けて、ではなにをしているのかというと、ラジオを聞いている。

それも気象情報ばかり。

アキラには意味が分からなかった。一度だけ凜《りん》や洋二《ようじ》に聞いたのだが、そのときはなぜか赤飯を炊《た》いてお祝いを開くとかなんとか意味の分からない事を言われただけだった。

……俺、なんかやったか？

やった。誰も居ない夜の霊園《れいえん》に連れ込んでみっともなく泣いたりした。

「ぬおぅ……」

「アキラ、静かに」

頭を抱《かか》えて悶絶《もんぜつ》する。いや！　そういうことじゃないだろ！　そんなことでノアが態度を変えるわけない。

だったらなにが原因なのか。

『――統治局の予測によりますと「迷子台風」は北進を始め、明日未明には時島を勢力圏《けん》に収めるものと思われます――』

「………」

相変わらず真剣《しんけん》に放送を聞いている。

こんな風になるノアを、アキラはこの一週間で何度か見てきた。

一度目はあの、掃除《そうじ》の時だ。以降も、彼女はこうして固まっている事があった。その頻《ひん》度《ど》は、日を追うごとに多くなっていた。

理由は聞いても教えてくれなかった。

「………」

アキラは無言で隣《となり》に立って、自分の召喚圏《しょうかんけん》に彼女を入れた。まるでそこだけが晴れたように、八十六センチの空間を雨はよけた。

『――以上、気象情報でした。続いて次のコーナーです。なんと、子猫《こねこ》にお乳をあげるお母さん犬の登場です――』

ぷつん、ノアが古書をなでると、ラジオは消えた。

しばらく二人で雨を見た。

「なあ」

「………なに?」

返事がかえってくる。それだけのことにほっとしながら、アキラは聞いた。

「迷子台風って、なんだ?」

と、聞きつつも、まったく知らないわけではない。

『迷子台風』

それは長くて一月《ひとつき》と言われる台風の中で、ここ数年間連続して存在し続けている特殊《とくしゅ》な低気圧だ。その行路は不規則かつ不可解で、通常の天気とは無関係にある。そのため、統治局は特殊災害指定生物の影響もあるとして危険視している現象だ。

「――というのが、公式見解ね」

そのようなことを、ノアは再び説明した。

「いや、そういうことじゃなくて……」

最近の二人の会話は、こんな風にして終わることが多かった。

アキラはその先が聞きたかった。だがノアは教えてくれず、それどころかすぐに話を変えようとする。

「それより、アキラはこんな雨の中で何をしていたの?」

「……屋根の修理だよ。雨漏《あまも》りがひどくてさ」

今みたいに。

「そう……」

「うん。……なあ、中入ろうぜ」

「…………」

再び沈黙《ちんもく》。

「あ、そうだ、いま実は、俺の歓迎会《かんげいかい》ってやつをやっててさ」

「……歓迎会？」

「ああ、って言っても、洋二達が勝手に押しかけてきたってだけなんだけど、良かったら来ないか？　凜も呼んで」

「……折角だけど」

「……そっか」

三度《みたび》沈黙。もはやアキラの手札はなくなった。

仕方がない。もう気が済むまで隣にいようと決心した。そのときだった。

「いよぉう！　アキラ！　何もたもたやってんだよ！　早く戻《もど》れバカ！」

パーン！　と窓が開け放たれて、二階から洋二が顔をのぞかせた。

その顔色はなぜか上気しており、右手には何のラベルも貼《は》っていない一升瓶《いっしょうびん》が握《にぎ》られていた。

「……瀬戸《せと》洋二？」

「げ、副会長」

バーン！　と開けたときの勢いそのままに窓が閉まる。

「…………アキラ？」

「……なんでしょうか」

ノアの視線が久しぶりによそから外れて、ようやくこちらを見てくれた、それなのになぜだろう、アキラはちっともうれしくなくて、脂汗《あぶらあせ》を流して目をそらしてしまった。

「まさか、そんなはずはないと思うけど、あなた達まさか……」

「はっはっは。いやいやいや、そんなバカな……あ、いや」

さあどう言い逃《のが》れしようかと考えていたアキラは途中《とちゅう》で考えを改めてにやりと笑った。

「さてね、俺も分からないから、調べてみたらどうだ？」

ぱちくりと、ノア。

「……友人を売るの？」

「人聞きの悪いことを言うな。で、どうする？」

「……いいわ」

ようやく、ノアはノアらしい笑《え》みを浮《う》かべた。

「その歓迎会、私も参加させてもらいましょう」

「お、そうこなくっちゃ」

「ただし、寮生《りょうせい》らしからぬ禁制品が見つかった場合、その生徒達には罰《ばつ》を受けてもらうわよ」

「どうぞどうぞ」

それくらいでノアが動いてくれるなら御《おん》の字だ。すまない洋二、ありがとう洋二。

「……もちろん、連帯責任でね」

「げ」

ペナルティの内容は反省文とトイレ掃除一か月だった。

その夜は、数日ぶりに楽しかった。ノアも凜も、誰《だれ》も彼もが笑っていた。

もしかしたらノアも分かっていたのかもしれない。

もう二度と、そんな風には遊べないのだと。

†

ふと、目が覚める。

むくりと、アキラは上体を起こしてあたりを見つめた。あたりはまだうす暗く。明け方の空気は雨音に包まれていた。

誰かに呼ばれた気がしたのだ。

「気のせいか……」

あれからまた雨脚《あまあし》が強くなったのか、窓にはザウザウと雨があたり、時折雷《かみなり》がピカリと光って落ちていた。きっとそれらの雑音のどれかを聞き間違《まちが》えたのだろう。

時刻は午前四時半、だが外は雨と雲のせいでほとんど夜のようだった。アキラは気にせず布団《ふとん》をかぶり、ぼんやりと意識を失おうとして、

「……やっべ、雨戸……」

ぎりぎりのところで気がついた。水面のように波打つ窓ガラスと幻想《げんそう》のように輝《かがや》く稲光《いなびかり》。すうっと眠気《ねむけ》の引く感覚に捕《と》らわれて起きあがった。それは先日、凜にさんざん言われたことだった。『いいですか兄さん。台風を迎《むか》えるに当たって、雨戸は絶対に開けてはいけませんよ。窓ガラスだけだと百パーセント割れてしまいますからね』

ふわぁとあくびをかみ殺してアキラはベッドを抜《ぬ》けだした、床《ゆか》には雨漏り対策で置いた金《かな》だらいや、スナック菓子《がし》の空き袋《ぶくろ》が散乱して実に汚《きたな》い。唯一《ゆいいつ》人間が転がっていないのが救いだった。アキラはなるべく頭を使わないようにしてふらふらと歩く。こんな中途半端《ちゅうとはんぱ》な時間に目が冴《さ》えるのは勘弁《かんべん》してほしかった。

カーテンを引き、窓を開ける。

途端《とたん》に雨と風が眠気に襲《おそ》いかかってきた。なんとか意識をぼやけさせて建て付けのわるい雨戸を引っ張った。

その途中だった。

「…………？」

雨の中に、誰かいる？

見下ろした先には荒《あ》れ果てた裏庭と森があった。その境目に、誰かが立っていた。その誰かは、

「……ノア？」

そんなはずないだろ、と思いながら、もう一度嵐《あらし》の向こうを見つめた。

だが間違いない。寮の側面、自転車置き場の脇《わき》を歩いているのはノアだった。

「なにやってんだあいつ……」

こんな時間に、傘《かさ》も差さず。

アキラは雨戸を閉めて部屋を出た。いつもならぎしぎしとなる廊下《ろうか》はそれ以前に建物ごとがたがたと揺《ゆ》られてむしろ静かだった。一階に下りて裏口に回り、共用の傘を二本もって外に出る。

嵐はいまこの瞬間《しゅんかん》も勢いを増しているようだった。

「ったく、もう……」

傘じゃなくてレインコートにすれば良かった、と思ったときにはもう全《すべ》てが手遅《ておく》れで、アキラは最初の一歩で泥水《どろみず》にはまり、つづく二歩目で横殴《よこなぐ》りの雨にやられ、三歩目ではもうパンツまでびしょ濡《ぬ》れだったので、逆に開き直って傘を回して歌っていた。

たしか、ノアは横手に回ったはず。

白鷺荘の横手とはすなわち断崖絶壁《だんがいぜっぺき》の海壁である。まさか魔法《まほう》師であるノアがどうにかなるとは思わないがこの嵐だ、万が一でも事故になったら目も当てられない。

嵐の森を行く。南の島特有の固い葉っぱがなにかの罠《わな》みたいに手足を叩《たた》く。足下《あしもと》はもはや川のようで、ご機嫌《きげん》なカエルがすいすいと泳いでいた。当然のように転ぶ、尻《しり》をしたたかに打つことよりも目元まで飛んだ泥《どろ》がうざい。傘はもう三度は裏返っている。

「ほんと、なにやってんだか……」

殆《ほとん》ど役に立っていない傘を、それでも意地のように差したまま、アキラは森の奥へと進んでいった。まったく、どうしてノアはこんなときに夜の散歩なんぞに精出しているのか、見つけたら絶対に文句を言ってやる。もう一本の傘を杖《つえ》のように使って奥へと向かう。

そんなときだった。

「迷子台風の様子はどう？」

「…………ん？」

不思議な声だった。ノアと、誰かが話す声だ。だが、辺りは相変わらずの森でその姿は見えない。それなのに声だけがはっきりと聞こえた。

迷子台風がどうしたって？　とアキラは思ったがひとまずノアの声がする方向に向かった。声はその間も一方的に届き続ける。

「衛星写真は？」

「相変わらずですよ。通常の台風と違って中心が見えません。正直本当にいるかどうかも分かりませんね」

「いえ、いるわ」

「ほほう？」

こっちか？　とアキラは見当をつけて適当に藪《やぶ》を漕《こ》いで森を進んだ。途中なんどかノアの名前を呼んでみるのだが、届いてないのか、会話はとぎれることなく続いた。

「間違いなく。あの中心に、妹はいる……」

そして、アキラは崖《がけ》に出た。

†

急に視界が開けた。

断崖絶壁の真上には十人ほどの人間が集《つど》っていた。彼らの特徴《とくちょう》は全員がばらばらで、その関係性を推《お》し量《はか》るのは困難を極《きわ》めた。

その中にはアキラがよく知る顔もあった。

「……ノア？」

「アキラ……」

その顔は雨と絶望にべったりと濡れて、幽霊《ゆうれい》の様に青ざめていた。

信じられないものを見ている。ノアの顔にはそう書いてあった。

「ちょ、ちょっとちょっと困るよアキラくん！」

「竹井《たけい》先生？」

いた。

そのとき一同の真ん中から竹井教諭《きょうゆ》が駆《か》けだしてきた。彼らの中には教員まで混ざって

そこでアキラは集団に共通する唯一の事柄《ことがら》に気がついた。

ここにいるのは、すべて魔法師だ。

「いや、ノアが傘も差さないで出て行くのが見えたもんで……」

ひょいと傘を掲《かか》げて見せる。よく考えるとこの言い訳もなんだか微妙《びみょう》だ。

「そうなのかい？　アキラくんは優《やさ》しいねぇ」

「そういうわけじゃ。……それより先生、これなんの集まりなんですか？」

「あーそれはだねぇ――」

そう言って竹井はにこりと笑った。それはいつも教室で見ている人好きする笑顔だった。

だからアキラは、彼が腰元《こしもと》の召喚器《マクガフィン》に手をかけてもなんとも思わなかった。

ぱちり、とホルスターの留め金が外れる。

「待ってください！」

瞬間、反応したのはノアだった。

「……先生。この場は、私に任せてください」

「おや桜田《さくらだ》くん。ずいぶん積極的ですね、いいことです。君はどうも自分から行動すると

いうことが少なくて、先生ちょっと不安で……ではなく」

こほん、と竹井が咳払《せきばら》いする。

「まあ、いいでしょう。ただし、そろそろ時間だから、手短にね」

「……ええ」

「それと、説得に失敗したときは……」

「わかっています！」

「本当ですか？」

じっと、竹井はなにかを見定めるように、ノアの顔をのぞき込んだ。

「ぼくは、あなたのことも言っているのですよ？」

「！」

それではお手並み拝見。そう言って、竹井は去って行った。

†

いつの間にか傘をなくしていた。

雨はいよいよ強く降りしきっていた。

崖の上の集団はそれ以降、アキラのことなど忘れたかのように無視して、目線をくれることもなかった。それは凜も洋二も同じだった。

「なあ、お前らここで、なにやってんだ?」

「………」

「魔法学の補習……なわけないか」

「…………」

あれだけの啖呵《たんか》を切ったノアは、しかしなかなか口を開かなかった。

しかたなく、アキラは核心《かくしん》に触《ふ》れた。

「迷子台風がお前の妹って、どういうことだ?」

ノアの肩《かた》がぴくりと震《ふる》えて、

「……聞いてた、の?」

「盗《ぬす》み聞きするつもりはなかったんだけどさ……」

「いえ、いいわ……」

こんなに憔悴《しょうすい》したノアを見るのは初めてだった。

「話したくないなら別に――」

「いいえ、そんなことは絶対にできないわ」

突然《とつぜん》、ふっと、ノアが微笑《ほほえ》んだ。それは大人達が子供と話すときに浮《う》かべる苦い笑みによく似ていた。

いやな笑みだと、アキラは思った。反射的に嫌悪感《けんおかん》を抱《いだ》く笑みだった。

「ねえ、アキラはアマラとカマラの話を覚えてる？」

話はそんなふうに始まった。

「オオカミに育てられた、姉妹《しまい》の話だろ？」

アキラは答えた。

「……あのね、簡単に言えば、私の妹がそうなの」

「なんだそりゃ」

冗談《じょうだん》だと思って笑おうとした。

だがノアはどこまでもまじめだった。

「正確には『オオカミの様なもの』だけどね。……あの子はオオカミの代わりに、魔法そのものに育てられた……」

ノアの視線がすっと外れて、過去の方角へ去って行った。

「……私の妹はね、アキラ。生まれたときから、とても魔法が強い子だったの」

またあの目。

「その力は圧倒的《あっとうてき》で、あの子は生まれて最初に使った魔法《まほう》でその場にいたすべての人間を蒸発させた」

「……は？」

聞き間違《まちが》いだと思った。だがノアは「ええ、蒸発」と頷《うなず》いて言葉をつないだ。

「たぶん、寒かったのね。いままでずっと温かな羊水に浸《つ》かっていたのに、急に外に出されたんだもの。それで、あの子は炎《ほのお》を呼んだ……これ自体は、よくある話よ」

いまでもよく覚えている、とノアは言った。

「あれは五歳の夜だったわ。私は妹が生まれるのをずっと楽しみにしていて、いよいよ生まれそうだというその日は、乳母《うば》にねだって夜更《よふ》かしをしていたの。でも、あの子はなかなか生まれなくて、私はうたた寝《ね》して過ごしていた……それで結局寝ちゃったのね、目が覚めたときは大人達が怒鳴《どな》りながら慌《あわ》ててた。私は子供心に怖《こわ》くなって、一人で御山《おやま》にむかったの」

まるで自動的に再生される音声ファイルのように、ノアは透明《とうめい》な声色《こわいろ》で喋《しゃべ》っていた。

「そうしたら、御山が、全部燃えていたの……まるで火山みたいに、山が丸ごと火にくべられていた……私はへたり込んで、その景色をただ見ていたわ。溶岩《ようがん》が爆発《ばくはつ》したんだって、自然に勘違《かんちが》いしたわ。……まさかそれが、一個人がなしたことだなんて、思わずに……」

決して目を合わせずに、ノアは過去の方角を見つめていた。

「本家筋の魔法医師が五人もいたのに、まるで役に立たなかった。あの子は生まれた瞬間《しゅんかん》から、誰《だれ》よりも強い魔法をまとって炎の中で泣いていた。……普通《ふつう》の子供だったら、それで死んでいるはずなのに、あの子は本当の意味で魔法に愛されていて、自分で自分を焼くことすらなかったの……私達は近づくことすら、出来なかった……」

そして、赤《あか》ん坊《ぼう》は飛び去った。

「あの子はやがて、泣き叫《さけ》んだまま空に消えたわ……それからよ。世界中をずっとさまよう、謎《なぞ》の低気圧が生まれたのは」

「迷子台風……」

アキラのなかですべてがつながった。

「じゃあ、さっきお前が言ってた、迷子台風が自分の妹だってのは……」

「ええ、言葉通りの意味よ。なぜならあの嵐《あらし》は私の妹が作り出したものなのだから」

顔に吹《ふ》き付ける雨を手で防ぎながら崖の向こうを見る。空も海も荒《あ》れ果てていた。

「うそだろ……」

半径二百キロ圏《けん》内に影響《えいきょう》を及《およ》ぼし続けるこの力が、個人の物だなんて、とうてい信じられなかった。

　そう、これではまるで、

「災害みたいよね」

　心を読んだように、ノアが言った。

「そうは、思わない？」

「え？　あ、ああ……」

「そうよね、……だから彼らもまた、災害指定生物なの」

「それって……」

　息をのんだ。

「アキラは特災がなぜ『特殊《とくしゅ》』災害指定生物って言われてるか知ってる？　……知らないわよね、一応機密だもの。あのね、災害指定っていう名前は実は、あの化け物達に付けられたものじゃなかったの。むしろ逆よ。人間に付けられていた指定を、化け物にも拡大したの」

　メリッサの剃刀《かみそり》。

　もしも、赤ん坊の手に、剃刀が握《にぎ》られていれば、大人達はその剃刀を奪《うば》えば良い。

「犯罪でもなければ事故でもない、それは何の意思もなく襲《おそ》い来る災害のよう……。故《ゆえ》に災害指定生物」

もしも、赤ん坊の手に魔法が握られていたのなら、大人達は時が来るまで待てば良い。

「……アマラとカマラは結局、人間社会になじむことができなかったんですって。当然よね、オオカミに育てられたら、オオカミとして生きていくしかないんだから……」

だがもしも、赤ん坊の手に、世界を滅《ほろ》ぼすほどの力が握られていたならば、
そのとき、大人達は――、

「……同じように、あの子は魔法に育てられて、魔法そのものになってしまった……」

そこまで言って、ぽつりと、ノアは微笑んだ。

「信じられるアキラ？　あの子、食べることも飲むこともしないのよ。調査によると、魔法で血液中に直接栄養素を召喚《しょうかん》してるんですって」

可笑《おか》しいわよね。とノアは微笑んだ。

アキラは笑わなかった。ただ、深く頷いただけだった。

「そっか……」

「ええ」

「……そういうことだったのか」

そして「うん！」と腕《うで》を伸《の》ばした。

その、晴れ晴れとした態度に、ノアは怪訝《けげん》そうに顔をしかめた。

「……なんだか、うれしそうね」

「まあな、いや、ここ数日、ずっと元気なかったからさ、どうしたのかと思ってたんだけど。これでようやく分かったぜ」

今の話を聞いて、アキラはやっと、桜田ノアという人間が分かった気がした。

保育士になりたいという夢も、子供達が好きな理由も、魔法の力にこだわる訳も、これですべてつながった。


「ノアは、妹を助けたかったんだな」


そのために、ノアには魔法の力が必要で、こうして遠い外国にまでやってきた。そして、その夢は今まさに叶《かな》おうとしている。

すごいやつだなと、アキラは改めて感心した。自分の夢のために、ひとつひとつ積み上げて、目標に向かって進んでいく。自分のなりたい姿が目の前にあると感じていた。

「……なにを言っているの？」

だがそれは、違った。

「私は、あの子を助ける気なんてないわよ」

ノアが言った。

「え？」

「私の目的は、人類に災厄《さいやく》をまき散らすあの子の抹殺《まっさつ》よ」

今度こそ、本当に、意味が分からなかった。

嵐はますます強くなった。

遠くの海に雷《かみなり》が落ちた。

「…………は？」

アキラは間の抜《ぬ》けた声を発した。

「あなたはいままでなにを聞いてきたの？　あれは災害指定生物なのよ？」

誰《だれ》か、知らない人間がしゃべっているのかと思った。

「……なに言ってんだお前……」

「極々《ごくごく》、常識的な話をしてると思うけど？　あなた、嵐や地震《じしん》が起きたらどうするの？

対策を立てるでしょう？　それと同じよ、私達は、あの台風を消滅《しょうめつ》させる」

また、あの笑み。

「……おい」

アキラの中で、冗談だと思う気持ちが消えた。

「本気で、言ってるのか？」

「当たり前じゃない。私は本気よ」

こんな時でも、彼女は凛々《りり》しかった。

「私、クリシュナ・シヴァ・サクラダ・ノアは、この魂《たましい》に掛《か》けて誓《ちか》ったの。人類に仇《あだ》なし、我が家名に泥《どろ》を塗《ぬ》った愚妹《ぐまい》を誅伐《ちゅうばつ》すると」

その言葉は、アキラの心の何かを壊《こわ》した。

「…………うそだろ……」

ひどい裏切りにあった気がしていた。

この島に来てから、ずっと腐《くさ》っていた自分を救い出してくれた人。ただ、存在するだけで正しい道を照らし出した、光にあふれた善なる心。

アキラが憧《あこが》れた、輝《かがや》ける魂。桜田ノア。

それが、すべて、崩壊《ほうかい》した。

すべての理由が逆転していた。

魔法の力が必要だった理由は妹にとどめを刺《さ》すためで、
保育士になりたいという夢は、罪悪感からの罪滅《つみほろ》ぼしで、
故郷から遠く離《はな》れて、こんなところまでやってきたのは、家の名誉《めいよ》のためで、
自分が憧れ、救い出してくれたと思った、誇《ほこ》りに満ちた桜田ノアは、
最初から、存在しなかった。

「……お前らも、そうなのかよ……」

アキラはキッと、視線を滑《すべ》らせた。その先にはさらに、アキラの心を裏切る人々がいた。

「なあ！　凜！」

巨岩《きょがん》の一つに腰掛《こしか》けて、妹はパックのカフェオレを飲んでいた。

「洋二！」

その隣《となり》には雨に打たれる幼なじみの姿があった。

「……俺は何も言えない」

瀬戸洋二は、苦々しく言った。

「だがこれは、必要なことだと思っている……」

まるで世界すべてに裏切られたみたいだった。

「お前もか……凜」

「ええ、そうですよ」

何でもないことのように凜は言った。紙パックをポイ捨てできなくて困っている妹が、人を殺すと言っている。

「私もまた、迷子台風を抹殺するためにこの場にいます。他《ほか》ならぬ友人のために」

なんの感情も見せずに言う。

「友達なら、止めるべきだろ！」

「それは兄さんの意見ですね。でも、私は違うのです」

くしゃり、とパックをつぶして、凜は言った。

「すべてを知って、それでも私はノアの手助けをしようと決めたのです。それが、私の友情なのです」

「……理解できねぇよ……」

「そうですか、それは少し悲しいですね。……ノア、そろそろ時間です」

ちらりと、時計を見て、凜が言った。分かってる。とノアは答えた。

「……私達は、もう行くわ」

そのとき、吹《ふ》き付ける嵐《あらし》に違う風が混ざり始めた。

まず凜が、続けて他の魔法師《ま ほうし》達が、それぞれの魔法を発動させて、ふわりとその身を風に乗せた。

ノアとは違う、気体召喚による第一種移動系だ。

この場にいる人間は全員、なにがしかの方法で空を飛べる強者《つわもの》ばかりだった。

「どうしましたか桜田さん？　リタイアですか⁉」

三メートル先の空から、竹井が言った。

「まさか！　今行きます！」

「……そうですか……それは本当に残念ですね」

その声に皮肉の調子は一つもなく、心の底から気の毒そうな響《ひび》きだった。

「浦辺岬《うらべみさき》の直上で再集合してから攻撃《こうげき》を仕掛《しか》けます！　現地で会いましょう！」

そう言って、竹井も凜も、嵐の中に消えていった。

後にはアキラとノアだけが残った。

「……もう、行くわ」

言って、ノアは端末《たんまつ》を広げた。「……免責宣言《めんせきせんげん》」。途端《とたん》に風が逆巻いた。

「あなたは……寮《りょう》に帰りなさい、たぶん後で、統治局の使いが来るでしょうけど、逆らわないで、言うことを聞いていれば、悪いようにはしないから……ねえ、聞いてる？」

もちろん聞いていなかった。

ノアの言うことなど、アキラはもう何一つ聞いていなかった。

「……失望させたのなら、あやまるわ……」

三十センチほど浮《う》かび上がって、ノアが言った。

「あなたの期待を裏切ってしまって、申し訳なく思ってる。本当よ……」

「…………」

「でも、これが、私なの。……汚《きたな》くて、醜《みにく》い、これが私の本心なの……」

熱風がさらに彼女をあおる。二万キロの彼方《かなた》から呼び出された山の炎《ほのお》が小さな体を木《こ》っ端《ぱ》のように吹き飛ばそうとしていた。

「正直言って、あなたと一緒《いっしょ》にいるのはとてもうれしくて、とてもつらかった……」

雨を頰《ほお》に降らしながら、ノアは笑顔《えがお》で告白した。

「まるで、自分が本当に正しい人になった気がしたわ。あなたに見られていれば、自分がそうなれるんじゃないかって思えた。……でも違った」

光輪が力を増す。ノアの体が空へと逃《に》げる。汚《けが》れ無き御遣《みつか》いの姿そのままに、

「じゃあ……さよなら……」

そして、ノアが飛び立とうとした。

その瞬間《しゅんかん》だった。

「嘘《うそ》だ」

アキラは、彼女を捕《つか》まえた。

まるで奈落《ならく》に落ちる人をつなぎ止めるように、アキラはノアの手を強く握《にぎ》った。

「ちょ、ちょっとアキラ、手を離して——」

「嘘だ！」

再び叫《さけ》んだ。

「嘘って、なにが……」

「あんなのが、ノアの本心なわけ！　あるか！」

強く握りしめて離さなかった。

「あんなのは、全部！　全部！　嘘っぱちだ！」

言葉を聞いて、戸惑《とまど》っているばかりだったノアの頰に、かぁっと朱《しゅ》が差した、怒《いか》りと恨《うら》みが力となって噴き出した。

「あなたに何が分かるのよ！」

いままでの冷静さをかなぐり捨てて、ノアは叫んだ。

「知り合って、たった数日しかたってないくせに！　さっきまでなにも知らなかったのに！　あなたに私の何が分かるって言うのよ！」

「分かる！」

確かにアキラはノアのことをなにも知らない。誕生日も、血液型も、好きな食べ物もなにも知らない。

だが、それでも、
一つだけ断言出来ることがあった。

「俺の知ってる桜田ノアは！　絶対にあんなことは言わない！　あいつはなぁ、すげぇ奴《やつ》なんだ！　子供が好きで、責任感があって！　いつも正しい道を歩いてるんだ！」

「そんなのはただの虚像《きよぞう》よ！」

「違《ちが》う！」

「ち、違うって……なんであなたがそんなこと言えるのよ！」

本人を前にしてのあまりの言いように、ノアは思わず絶句した。

「私が！　私が言ってるのよ！　私は！　こういう人間だって！」

アキラだって分かっている。こんな事は虚言《きょげん》だ。嘘だ。

それでも、今は言い張るしかなかった。

「違う！　いまのお前は偽物《にせもの》だ！」

空に逃げる風船を、二度と手放してしまわないように、アキラは必死で、その手をつかんだ。

「桜田ノアは！　卑怯《ひきょう》なんかじゃない！」

「……なにを言って――」

「桜田ノアは！　汚くなんかない！」

「………………」

「桜田ノアは優《やさ》しい奴だ！　俺は知ってる！」

「…………やめて……」

風が変わった。

「やめて……もう離して……許してぇ……」

いままで以上に本気になって、ノアは爪《つめ》を立ててアキラの手を引きはがそうとした。

「……私は優しくなんかない……私は正しくなんかない……卑怯で、汚い人間よ……」

「そんなことない！」

「いいえ！　そうよ！」

怒りに赤く染まっていたノアの顔色が、さぁっと青く染まっていた。

「私は、卑怯で、汚くて、嘘つきの、最低の人間よ！　人の信頼《しんらい》を裏切って、名誉のためだったら妹だって殺してのける人でなしよ！　……だって……だってそうじゃなきゃ‼」

カタカタと歯が鳴っていた、その顔には全《すべ》ての感情が躍《おど》っていた。

「──こんなのっ！　耐《た》えられないじゃない！」

それは決定的な失言だった。

「あ──」

ノアはすぐに自分がなにを口走ってしまったのか気づいて口を押さえた。

だがもう手遅《ておく》れだった。

「ほらみろ」

アキラはノアを、捕まえた。

「やっぱり、偽物だったじゃないか」

本当に汚い人間は、自分を汚いとは思わない。そういう人種は顔色ひとつ変えずに、肉親だって殺してみせる。

だがノアは違う。

自分は汚い人間だと、卑怯者だと、そう言って騙《だま》さなければやっていけなかった。さもなければきっと、もっとはやく壊《こわ》れていたことだろう。

今のように、

「あ、あ、あ……」

取れかけた仮面を押さえるように、ノアは右手で顔を押さえた。

「バカ……バカバカバカ！　なんてことするの……せっかく騙して、ごまかして、なんとか今日までやってきたのに……」

その頬には透明《とうめい》なしずくがひび割れのように流れていた。

「私は……ちゃんと、役目を果たすつもりだったのにっ‼」

「なあ、ノア……」

ひどい奴だなと思いつつ、それでもアキラは聞いた。

「まだ、妹の事、殺したいか？」

「‼」

ふいに、風がやんで、
天使が空から落ちてきた。

「っよっと！」

どさり！　と、アキラは真っ正面から受け止めようとして、そのまま地面に倒《たお》れ込んだ。

胸の中で、ノアはアキラのシャツを握りしめた。

「あなたって……あなたって最低よ！　なんて、なんてこと言うの！」

天使は結構重かった。

「そんなの、そんなの〜〜!!」

そして、ノアは言った。


「嫌《いや》に、決まってるじゃない!!」

仮面はついにこぼれ落ちて、ノアの両目から暖かい涙《なみだ》が流れていた。

「……だよな」

幼い子供にしてやるように、アキラはその頭をなでてやった。

「姉妹で殺しあいなんて、絶対やだよな……」

「当たり前でしょ！　そんなことも言わないと分からないの⁉　バカ！　アキラのバカ！　バカバカバカ‼　バカ！」

「……ごめん」

降りしきる何億という雨の中で、その二粒《つぶ》だけが、熱かった。

「……だったら、行こうぜ」

言って、アキラは起き上がる。

「行くって、どこへ……」

つないだままの右手を引いて、ノアと二人で、並び立ち、

「最初に言ったろ？　お前の妹を、殺すんじゃなくて——」

嵐《あらし》はいよいよ本番だった。

「助けるんだよ」

†

「ギオオオオオオオ‼」

迷子台風に追随《ついずい》していた二種族の特災。そのうち海蛇《うみへび》型は好戦的で、人間共の島へ我先

に と殺到《さっとう》した。

だが、

「ギオ！　ギオ！　ギオオオン！」

海蛇の長《おさ》は必死で逃《に》げていた。すでに一族のものはほとんど狩《か》られ、あとは自分自身を残すのみだ。

ザボン！　最も危険な海面を離《はな》れて海に深く潜《もぐ》っていく。長は人間達の多くが海中深く潜れないことを経験で知っていた。

「猪口才な」

だが中には例外がある。

「私から、逃げられる、と、思ったのですか？」

その人間は、易々《やすやす》と深海のテリトリーを侵《おか》して――、

「死になさい」

時島から七海里ほど離れた洋上で、凜はふわふわと漂《ただよ》っていた。その周囲五メートルは完全な無風状態であり、雨も風も存在しなかった。

気体操作による第一種移動系。『吊《つ》られた男』それは俗《ぞく》に支配者系と呼ばれる召喚《しょうかん》形式を持つ者しか使えない究極の移動魔法《まほう》の一つだ。

その周囲は、地獄《じごく》だった。

迷子台風に引き寄せられた特災——海竜型《かいりゅうがた》と海蛇型の化け物たちがねじ切られて死んでいる。大きなものから小さなものまで、ざっと十頭はくだらない。

「いやー凜くん、ご苦労様です」

ふと、竹井教諭《きょうゆ》が圏内《けんない》に入ってきて言った。

むっと、凜は眉《まゆ》をひそめた。召喚圏内に勝手に入られるというのはどうも気分が悪いことだった。

「さすが、相馬《そうま》家次期当主ですね。すばらしい腕前《うでまえ》です」

辺りの惨状《さんじょう》を目《ま》の当たりにして、竹井は満足そうに頷《うなず》く。

「……先生、なにか用事ですか?」

「いやなに、用と言うほどの用ではないのだけれどね」

「では、即刻《そっこく》、私の前から消えてください」

「あ、嘘《うそ》です。ちょっとお話ししたいことがあってきたんです、用あります。……だから、そんなきついこと言わないでよ……」

早く言え。とにらみつける。

「ちょっと、凜くんの所見を聞きたくてさ。──桜田くん、ちゃんと来ると思います？」

「先生は、どう思っているんですか……」

「ふむ？　逆質問かい。ま、いいだろう」

まるで自分の教科室にいるように、リラックスした態度で竹井は言った。

「来なければいいなと、思っています」

「……それは回答ではなく、願望です」

「逆質問にはこれくらいでちょうどいいでしょう」

もとより最初から興味もなかった凜はうなずいた。

「いろいろと迷ったけど、彼女にこの件はやっぱり無理だよ。仮に成功したとしても、あとで壊れてしまうかもしれないしね」

「……先生は、本当に、先生としては優秀《ゆうしゅう》ですよね……」

「な、なんだい急に。照れるじゃないか」

本業のほうは無能なのに……という裏はどうやら伝わらなかったらしい。

「でも、悪くない推理だと思うよ。きっと彼なら、ノアくんの事も止めてくれるだろうからね。と、いうわけで僕の推理は『このまま時間が過ぎてもノアくんは来ない』なんだけど。君はどうだい？」

「……そうですね、確かに兄さんなら確実にノアを止めるでしょう」

「そうか。じゃあ同じ推理だね」

いえ、と凜はかぶりを振《ふ》った。

「私は『そのあと二人で火の玉のようにやってくる』が正しいと思います」

「二人？」

竹井教諭が首をかしげた。

「それに火の玉ってなに？」

「それは、つまり」

言って、凜は西の海を指さした。

「あんな感じです」


「ぎゃあああああ！　おちるぅぅぅぅ！」

雨風や熱波とごっちゃになりながら、アキラは流星のように空を駆《か》けた。

「だから落ちないわよ！」

と、ノアは叫《さけ》び返したが、この嵐の中では怪《あや》しいもので、その証拠《しょうこ》に、二人はしっかりと手をつないだままだった。

「いやだ！　無理！　っていうかもう落ちてんだろこれ！」

「落ちないって言ってるでしょ！　もう！　そんなに言うなら置いて行くわよ！」

ぎゃーぎゃーわーわーと言い合いながら、それでも二人はいつしか迷子台風の風力圏に近づいていった。

秒速三十メートルの風が吹《ふ》き荒《あ》れる。そこは低気圧の地獄だった。

「……すげぇ」

目の前にうずくまる回転雲を見ながら、アキラはごくりとつばを飲んだ。

先ほどまでいた絶壁《ぜっぺき》を百倍にでもしたような雲の壁《かべ》は固形物のように形を持ち、凶暴《きょうぼう》な雷球《らいきゅう》がそこいら中で水をイオン化していた。

それは、時島よりも巨大《きょだい》な雲の塊《かたまり》だった。

「〜〜。こんなもの。どうすれば……」

ノアが不安げに聞いてきた。作戦はすでに伝えてあるが、まさか前段階で躓《つまず》くとは思わなかった。

「おーい、ノアくーんアキラくーん」

そのとき、五時方向から竹井教諭が飛んできた。

「やあ、なんだかおかしな具合になったね」

竹井は興味深そうにこちらを覗《のぞ》くと、からかうように言った。

「それで？　二人ともここに来たって事は、僕達を手伝うって事で良いのかな？」

「……竹井先生、そのことなんですが……」

ノアが沈痛《ちんつう》な表情で口を開いた。

「私はもう、あの子を——むぐ」

——討《う》つ気はなくなった。という台詞《せりふ》はアキラの手によってブロックされた。

「ええ、そうなんすよ。先生」

「ほほう？」

竹井はいよいよおもしろそうに首をかしげて、

「……なるほど。そういうことなら手伝ってもらおうかな。手順はノアくんに聞いてくれ」

言って、不自然なほどなにも聞かずに去って行った。

「ちょ、ちょっとアキラ、どうしてあんな嘘をついたの⁉」

「そっちこそなんで正直に言おうとしてんだよ！　ここで『やーめた！』なんて言っても良いことなんかなにもないだろ！」

それはそうだけど……とノアは一応引き下がった。笑ってしまいたくなった。こんなバカみたいに正直な奴《やつ》が、どうして悪人になれると思ったのだろうか。

まず、遠距離《えんきょり》攻撃《こうげき》系の魔法師が雲を襲《おそ》った。空に突如《とつじょ》として炎《ほのお》が立ち上り、硝酸塩《しょうさんえん》の雨が瞬《また》く間《ま》に雲を溶《と》かしていった。

そして、

『総員。射線から離れろ！』

無線機から流れた言葉の直後に、南西方向から放たれた極太のビームが雲を襲った。

「……おい、これもしかして勝負ついちゃうんじゃないか？」

アキラが心配するのも無理はなかった、雲はすでに穴だらけになっていて、かき乱された気圧差によってでたらめな風が吹いていた。

「そんなわけないでしょ。これであの子がようやく起きたところよ」

言った直後だった。

キイイイィァアアアアアアヤヤアアアアア!!

雲の中心で、雄叫《おたけ》びが上がった。

「行くぞ」

「ええ」

二人はそのど真ん中に落ちていった。

†

雲を飛びこえる。波をよける。岩礁《がんしょう》の右から入って左に抜《ぬ》ける。

「出力抑《おさ》えて！　コーナー行くぞ！」

「誰《だれ》に言ってるの！　前前前！　ぎりぎりで抜けるわよ！」

二人は風のように雲海を駆けた。ノアが熱風を喚《よ》んで空を飛ばし、アキラがここぞというところでコントロールして進路をとった。時にノアがアキラを運び、またアキラがノアを守る。その姿は年若い獣《けもの》が荒野《こうや》を駆けるようだった。


アアアアアァァァァ！

まだ見ぬ彼方《かなた》で産声《うぶごえ》があがり、ついに炎が噴き出した。

空は、風と水と火の世界だ。

「ノア！」

「分かってる！」

アキラがノアを横抱《よこだ》きにかっさらう、文句も言わずに召喚器《マクガフイン》を背後に向ける。

「燃え上がれ私！」

八十ミリ砲《ほう》から火山弾《かざんだん》がはじき出される。のしかかろうとしていた雲海が高温の炎《ほのお》に巻き込まれて消え失《う》せた。乱流の隙間《すきま》を縫《ぬ》って二人はさらに飛び込んでいく。

「はっは――!!」

こんな時だというのに、アキラは楽しくてたまらなかった。ノアの魔法と自分の魔法、二つの機能が一つになって、世界を駆けることがたまらなく快感だった。

それはあの日のツーリングの続きだった。もはや道具は介《かい》さずに、二人は二人を乗りこなす。

「何笑ってるのよ！」

ノアが言った。

「そっちだって、笑ってるじゃん！」

「うそ！」

「うそなもんか！」

まるで幼い頃《ころ》みたいな全力疾走《しっそう》だった。自分が世界一速いと信じて、事実その通りだった頃の駆け比べだった。

体は元気いっぱいに動き、両足だけでどこまでも行けた。太陽を追いかけるみたいに、空を駆けた！

「アキラ！」

「おう！」

喚ぶ声だけでノアが何をするのか分かった。一瞬《いっしゅん》の伸張《しんちょう》、お互《たが》いを振り子にして伸《の》び上がる。

月を踏《ふ》み台に高く飛んだ。本当だ。

そして、アキラは彼女を見つける。

「シャアアアアアア!!」

八歳くらいの、女の子だった。

少女はみずからの遊び場に侵入《しんにゅう》した不調法者《ぶちょうほうもの》にいたく怒《いか》りを駆られたようで、原始の感情そのままに怒り狂《くる》っていた。

通常の台風なら目にあたる場所に、彼女はいた。

そこは不思議な場所だった。

まるでカラスの巣のように、少女の庭はがらくたの山で満ちていた。

ひび割れた鏡台。薄汚《うすよご》れたフィアットチンクエチェント。どこにもつながっていない液《えき》晶《しょう》テレビ、なんかきれいな丸い石。

それらのがらくたが、彼女の周りを回っていた。

アキラの心に、急に哀愁《あいしゅう》の感情が押し寄せた。それはまだ妹も友達もいなかった幼い頃、アキラも作ったことがある、たったひとりの秘密基地だった。

いずれ出て行くことになる小さな城だった。

それなのに、あの子には手を引いてくれる誰かがいなかったのだ。

「……なあ」

結んだ指先の向こうに、アキラは言った。

「絶対に、助けよう」

きっと、同じ気持ちを抱《いだ》いている誰かが返事をした。

「うん！」

「よっしゃぁ！」

突如、二人は飛び上がった。言葉はもういらなかった。

「キイイヤアアアア！」

少女が叫《さけ》んで、初めて精神を集中していた。助ける、などと息巻いたところで、比べるまでもなくこちらは格下だ。

「しまっ――」

「いや！　このまま突《つ》っ込むぞ！」

ノアがひるんで高度をとろうとした。だがアキラは強引にコントロールを奪《うば》って突貫《とっかん》した。

「～～！　もう！　信じたからね！」

「ああ！」

そして、二人は星のように落ちていき、

「イイイイアアアアアア‼」

少女が呼んだ、二億ジュールの火炎《かえん》に飲まれた。

†

「念力使い《サイキック》」


それは数ある魔法の中でもっとも孤独《こどく》で、完結した力だ。

アキラはその、極致《きょくち》だった。

たったの八十六センチしかない召喚圏《しょうかんけん》の中でなら最強を誇《ほこ》れる無敗の力。

その力が、アキラはずっと、嫌《きら》いだった。

まるで狭量《きょうりょう》な自分自身が形になったようだった。

五年前の時もそうだった。

友達が攫《さら》われ、町が壊《こわ》れるなかで、アキラだけが無事だった。

自分だけは死なない力。

それは、できの悪い悪夢のようだった。あっちで戦い、こっちで戦い、アキラだけは傷一つ負わないのに、大切な人はひとり、ひとりと、串《くし》が抜けるように攫われて、最後はひとりぼっちになってしまう。

だから、アキラは自分の魔法が嫌いだった。

でも、

「……熱くないか」

周囲を覆《おお》う火炎の奔流《ほんりゅう》に腕《うで》を突き立てて、アキラは腕の中にいるノアに言った。

「え、ええ」

潜水艦《せんすいかん》の中から外を見るように、おっかなびっくりノアは周囲を見回していた。

「信じられない……」

文句なしの超弩級《ちょうどきゅう》。人類史に残るほどの強大なる魔法渦《か》の中にあって、二千度の大気の中にあって、アキラの力は完璧《かんぺき》に二人を守っていた。

アキラは、この力が嫌いだった。

自分ひとりしか守ることが出来ない、孤独な力だと思っていた。

だが、もしかしたら……、

「な、なに?」

腕の中で、きょとんとした表情のノアが言った。

こうしていれば、もしかしたらもう一人くらいは、助けられるのかもしれない。

そんな風に、思っていた。

「なんでもない」

だが口から出たのはそんな言葉だった。

「それより、そろそろ……」

突如《とつじょ》、炎《ほのお》の海を抜けて、アキラはがらくたの部屋に行き着いた。

やせっぽっちの少女と、目が合った。

「イ!?」

「あ、こら待て！」

直上から落下してアキラは少女を追いかけた。

少女が息をするように魔法を放つ。すべて、ノアの最大火球に匹敵《ひってき》するような炎弾《えんだん》だ。

だがすべての炎はあと少しというところでかき消されて、二人に届くことはなかった。

「!?　!?　!!」

初めての経験なのだろう、少女は原始的な驚《おどろ》きを表して、さらなる炎弾を乱射する。

だがそれも、

「ほーれ、捕《つか》まえた」

「キ!?」

召喚圏に取り込んで、少女の体をとらえていた。

少女はほぼ、すべての項目《こうもく》においてアキラの能力を上回っていた。

だがただ一点、ノアが認めた、召喚圏の優先度だけは、目の前の少女に勝っていた。

「イ！　イー!!」

魔法が使えないなどという状況《じようきよう》は初めてだったのだろう。少女は細い腕を振《ふ》り回して逃《のが》れようとした。だが肉も骨も不自然なほどやせこけた少女はアキラの腕から逃《に》げることなど出来なかった。

「はは、よーし！　おいたはもう、おしまいだ」

「いー！」

「怒《おこ》っても駄目《だめ》だ。絶対放さないからな」

「…………っ！」

魔法の力を取り上げられて、体の自由も奪われた少女は、だからもう、出来ることなど一つしかなかった。

もう十二歳になるはずの、やせっぽちの少女はじわりと瞳《ひとみ》をにじませ、

「うぇ……」

「へ？」

突如、

「ふぇ、うぇぇぇぇぇぇぇぇぇぇん‼」

大口を開けて泣き出した。

「えええ⁉」

これにはアキラも度肝《どぎも》を抜《ぬ》かれた。少女を抱《かか》えたままおろおろとあたりを見回す。すると、頼《たの》みの人物は逆さまになって落下するピアノの天板にぽつりと正座して、こちらを遠巻きに見つめていた。

「ノ、ノア！」

ビクリっとノアが震《ふる》えた。

「た、頼むよこれ！　どうすりゃ良いんだ⁉」

ほとほと困って少女を掲《かか》げる。だがノアはなぜか逃げるようにして、

「な、なんだよ、どうしたんだよ⁉」

「……私が、その子を抱いてもいいの？」

不安に濡《ぬ》れた、瞳で言った。

「なに言ってるんだよ……」

「だって、私はその子を殺そうとしたのよ……それなのに、いまさら家族面《づら》して、いったいどんな顔して接すれば良いのか……」

「ああ、はいはい……アホか」

本当にまじめな奴《やつ》だった。

「ア、アホってなによ！ 人が真剣《しんけん》に悩《なや》んでるのに！」

「それは後にして、とにかく頼むよ」

そう言って、アキラは少女を無理矢理ノアの腕に押し込んだ。

「うわぁぁぁぁぁあああああん！」

「え、えええええ!!」

召喚圏内から出ないよう、二人にぴったり寄り添《そ》いながら、アキラは初めて出会う姉妹《しまい》を見つめた。ノアの手つきはぎこちなくて、とても保育士を目指す者とは思えなかった。

「なんだよ。慣れてるんじゃなかったのかよ」

「だって……だって……こんな、こんな………」

「うわ――ん！」

それどころか子供の涙《なみだ》に誘《さそ》われて、ノアはみるみるうちに涙目になり、

「こんなことが……本当に……」

うわ——ん！

その泣き声はもう、二人のものだった。

ぽろぽろと虹色《にじいろ》の雫《しずく》をこぼして、ノアは、

「アリサぁ……」

子供を抱いて、静かに泣き始めた。

この時初めて、アキラはこの姉妹の瞳が同じ色をしていることに気づいた。

「ごめんなさい……ごめんなさいアリサ！　お姉ちゃんは……お姉ちゃんは、あなたのことを！」

ノアがアリサにしているように、アキラは涙に暮れる少女の頭をなでてやった。

不思議なもので、ノアが泣くと、なぜかアリサは泣き止《や》んで、不思議そうに自分とよく似た顔を見つめていた。

「大丈夫《だいじょうぶ》さ」

絶対的な確信に導かれて、アキラは言った。

「だってお前ら、姉妹なんだから」

「〰〰〰っ!!」

あとはもう言葉にならずに、

姉妹はかたく抱《だ》きしめあって泣いていた。

「アリサ……!!」

迷子台風が、終わろうとしていた。

八年間、親を知らず、姉を知らず、友達すら知らなかった迷子が、この日、ようやく帰る場所を得た。

荒《あ》れ狂《くる》っていた炎が沈静《ちんせい》化していく。真空状態になった空間に大量の空気が流れ込んでゆく。あらゆる場所で気圧差が生まれて、雲が出来ては消えていく。

孤独な秘密基地に最後まで残ったのは、初夏の快晴と、昇《のぼ》り始めた太陽だった。

「帰ろう」

アキラは言った。

「……ええ」

ノアは答えた。

そして、三人は南の島へ落ちていった。

エピローグ

「まったく。好き勝手やってくれたもんじゃの」

時島《ときしま》高校、校長室。

その片隅《かたすみ》で、書類の海に埋《う》もれていた老人は面倒《めんどう》くさそうに書類を投げた。

「見よ、米軍と自衛隊と統治局、それに桜田《さくらだ》の本家からも抗議《こうぎ》が来ておる。すべてお前のなした事柄《ことがら》のせいじゃ」

「そりゃ、ちょっとは悪かったと思うけどさー」

カリカリと、床《ゆか》に正座させられて、反省文を書いていたアキラが口をとがらせる。

「俺、あんまり反省とかしてないぞ」

「実はわしもじゃ」

ふふん、とお互《たが》い悪ガキの表情でうなずき合う。

あれから一週間が過ぎていた。その間、アキラやノア、それにアリサは特になにもなく、平和な時を過ごしていたのだが、周囲はそうでもなかったらしい。竹井《たけい》や校長はこの件でずいぶんと骨を折ったと聞く。

考えてみれば当然だ。

戦略級の魔法師《まほうし》が、新しく時島の手に落ちたのだ。それはたとえて言うなら地方の小島がいきなり核武装《かくぶそう》したに等しい。

「ほれ、これなんて見てみい、準災害指定労役《ろうえき》がもう来とる」

「なんだっけそれ？」

と、言っているはしから思い出した。

準災害指定労役とは、元災害指定である人間に課せられる特別な労役だ。その額は災害指定時代に行った破壊《はかい》行動の合算で見積もられる。

「今回の、アリサの被害《ひがい》総額は、なんと、三千億円じゃ」

「うへぇ」

アキラは天を仰《あお》いだ。

「なんだ、人ごとじゃな」

「そりゃまあ、人ごとだし……」

ちなみに罰金《ばっきん》は魔法を失うと失効するし、取り立てが厳《きび》しいわけではない。

だが、おそらくだがアリサほどの使い手なら楽に返せることだろう。あれだけの火力なら発電所五〜六基回しておつりが出る。

そんなことをつらつらと考えていたときだった。

「はたしてそうかな?」

老爺《ろうや》がとんでもなく不穏《ふおん》なことを言い出した。

「じつはのぅアキラ、お前にも書類が来ていてな」

老眼鏡をわざとらしくいじりながら書類を読む。

「再獲得者《かくとくしゃ》、ということで、対応が遅《おく》れてしまってな、連絡《れんらく》が来たのはついさっきだったんじゃよ」

「えっと、なんの連絡?」

聞きたくなかったけれど聞いた。すると爺《じじい》は妖怪《ようかい》みたいに口角《こうかく》をつり上げて、

「アキラ。お前の、借金が、復活した」

言って、ぱらりと一枚の書類を投げてよこした。

受け取った紙には統治局の印とアキラの名前、それに一兆六千万円という数字が書いてあった。

アキラはハァァァァと長いため息をついた。

「とはいえ、お前の能力で金を稼《かせ》げというのも難しい。そこで我々から一つ提案がある」

「…………」

嫌《いや》な予感しかしなかった。

それでも前に進むしかなかった。

「なに、今回のようなことをもっとやって欲しいんじゃよ。現在、災害指定生物とされている子供達を捕《つか》まえて、その子達を人の世界に連れ戻《もど》して欲しい」

「…………」

「これはお主《ぬし》にも有益な話じゃ。よかったなアキラ。これで大手を振《ふ》って小夜の嬢ちゃんを探せるぞ」

「……ずりぃよなぁ」

降参を示すように、アキラは両手を挙げた。

「そんなこと言われたら、断れねぇよ……」

すまんの、と老爺はそれなりに申し訳なさそうに謝った。

アキラが大人になれる日は、もう少し先になりそうだった。

あとがき

みなさんは魔法《まほう》が使えたらって思ったことないですか？

僕はあります。マンガやアニメは言うに及《およ》ばず。超能力《ちょうのうりょく》に第六感、ＵＦＯや霊《れい》能も含《ふく》めて超常の出来事にあこがれを持っていました。また、身の回りにある数々の体験談やテレビの特集が、それらの存在を認めることを強力に後押ししてくれました。僕はそういうものを見て自然と「まあ魔法ぐらいあるだろう」と思って成長していきました。

ところが、どうも、おかしなことに、

魔法って、ないんですよね。

いや、身の周りにないだけで、どこかにはあるのかもしれませんよ？　でもそんなものは作中の子供ら同様、僕にとってもないも同然なんです。

おかげで魔法に対する反論材料だけが溜《た》まっていきます。

まず第一にそもそも見たことがない。第二に中学生でも分かるくらい設定が矛盾《むじゅん》している。そしてなにより、そんな便利なものが「生命」に見つかっていないわけがない。とか、いろいろです。（最後のやつはインテリジェントデザインっぽい話になっちゃいますが、でも、マジで奴《やつ》らに見つかってないとかあり得ないですよ。あいつら何でもやりますからね。平気で大気組成とか変えるし、大量絶滅《ぜつめつ》の一つや二つへでもないですもん。ストロマライト先輩《せんぱい》まじぱない）

そう、魔法は本当はなかったのだ……。

と、考えられれば事は楽（もしくは反対方向に信じられれば）だったのですが。ところがどっこい僕は魔法が嫌《きら》いじゃなかった。というかむしろ愛していた。
なもんで、熱心な研究の結果神様を否定する結論に達してしまった神学者《しんがくしゃ》よろしく僕は「こんなつもりじゃなかったんだ……」と頭を抱《かか》え、それでもなんとか魔法が有ってもおかしくない世界をこねくり出すに至ったのです。

それがここです。

魔法が溢れ、異能がはびこる遠近世界。
この場所を舞台《ぶたい》に、次の物語を綴《つづ》っていきたいと思います。
お話の運び手は相馬《そうま》アキラ。魔法と常識の橋渡《はしわた》し、ファンタジーと現実のはざま、「あちら」と「こちら」の敷居《しきい》に立って、倒《たお》れそうな人に手を伸《の》ばす少年です。

難しい子達ですが。どうぞよろしくおねがいします。(ふかぶか)

さて、ではここからは告知です。まず、他作品である「神さまのいない日曜日」のアニメディスクが発売されております。こちら、ご存じの方もご存じない方も、是非《ぜひ》是非お手に取ってみてください。(もうね、ちょー綺麗《きれい》。個人的にはオルタスの映像が好き) また、こちら現在最終巻を執筆《しっぴつ》中です。なるべく早く出しますので、もうしばらくお待ちください。(ホント、あんな状態で待たせてしまってすみません) たぶん、こっちの二巻と前後する形になると思います。

以上、告知終了《しゅうりょう》。

いやー、今回も様々な方にお世話になりました。新担当のエヌさん。イラストレーターのNOCOさん。それに流通や書店の皆《みな》さんに感謝いたします。どうもありがとうございます。

さて、では次巻でお会いしましょう。

次は「心臓が止まった少女」の話です。

入江君人

富士見ファンタジア文庫

魔法《まほう》の子《こ》

平成25年10月25日　初版発行

著者――入江君人《いりえきみひと》

発行者――佐藤　忍

発行所――株式会社KADOKAWA
http://www.kadokawa.co.jp

企画・編集――富士見書房
http://www.fujimishobo.co.jp
〒102-8177
東京都千代田区富士見2-13-3
電話　営業　03(3238)8702
　　　編集　03(3238)8585

印刷所――旭印刷
製本所――本間製本

ISBN978-4-04-712913-9 C0193

イラスト／つなこ
ファンタジア大賞
原稿募集中！
賞金
大賞300万円
準大賞100万円
金賞 30万円　銀賞 20万円　読者賞 10万円
第27回締め切り
2014年2月末日
※紙での受付は終了しました。
最終選考委員
葵せきな（生徒会の一存）あざの耕平（東京レイヴンズ）
雨木シュウスケ（鋼殻のレギオス）ファンタジア文庫編集長
投稿も、速報もここから！
ファンタジア大賞WEBサイト
http://www.fantasiataisho.com
既存のライトノベルの枠に
とらわれない小説求む！
第2回ラノベ文芸賞も同サイトで募集中
ファンタジア文庫ファンに贈る
最高のライトノベル誌！
豪華付録、メディアミックス情報、
連載小説など、その他企画も盛りだくさん！
奇数月（1、3、5、7、9、11）
20日発売!!
ドラゴンマガジン
イラスト／つなこ